JN064720

悲しみの詩

粗朶雅
SODA Miyabi

文芸社

目次

悲しみの詩

目に美しきもの数あれど　心ふるわす　花はなし

1　入院

六〇歳で教師を定年退職して九年が経ち、十年目の春が来ようとしていた。厳しい冬を乗り切った遼真《はるま》だったが、最近食欲が落ちてきていた。そしてある日突然、朝起きてわき腹が痛く、体が思うように動かせなくなってしまった。彼は自分で救急車を呼んだ。

「お酒は飲まれるんですか」

医師の問いに、

「現役の教員をしていた頃は、家に帰って浴びるように飲んでいました。仕事や人間関係のストレスがあったから。でも、退職後は、一滴も飲まずにいられるようになりました。

そして最近、また飲むようになりました」

「以前は、かなりの量を飲んでいたのですね」

「ええ」

「最近はどのくらい？」

「以前よりはずっと少ないです。ウイスキーとか、コップに少し」

医師は、何度かカルテをめくって確認し、遼真を見た。

「検査の結果を言いますが」

医師はいったん言葉を切ってから、続けた。

「はっきり言って、良くないです」

遼真は、話の行き着く所を理解していた。

「このように、病巣が広がっています」

医師が見せてくれる写真に目をやるふりをしながら、遼真は心にいろいろな感情が去来して、やがてそれが一つに集約していくことを感じていた。

「手術で病巣を除去するのが治療の一つですが、完治し難い病気であることはご理解いただきたいです」

病院の検査では胆嚢癌《たんのうがん》が発見され、ステージⅢだった。すぐに手術が行われた。遼真の手術はうまくいったと思われたが、病巣は転移を始めていた。

2　古谷遼真

「おっと」

遼真は、車椅子を器用に回して道を変えた。そして、少し後ろに下がり、向きを変えた。彼は安全ベルトが一杯になるまで前に体を乗り出して、右前の地面を見つめた。

介助員の桜季《さき》は、遼真を見つけると、慌てて走り寄った。

「古谷さん、危ないですよ」

そう言うと、道から逸れてデコボコした土の上を急いで歩いて車椅子の後ろに回り、倒れないように押さえた。

「無茶ですよ」

遼真は、まだ地面を見つめていた。桜季はしばらく老人を見ていたが、やがて彼が何を見ているのかと、同じ方へ目を向けた。

遼真が見ていたのは、道ばたの草花だった。よく見かける紫の花。そこらの地面に幾つも花を咲かせていたが、遼真は群れから離れた場所にある、一か所に数輪だけで咲いているる花を見つめていた。それにしても、と桜季は考えた。倒れかけた高齢の患者さんを助けるために目を離したそのすきに、歩くのも不安定なこんな場所に車椅子で入るなんて。

「古谷さん、もう行きましょう」

桜季は、草むらから飛んでくる虫を想像して、

「外の空気がどうしても吸いたいと言うから来たのに。この花なら玄関の近くにもありますよ」

彼女は虫が苦手だったが、それよりも散歩中に古谷が虫に刺される方が困る。

桜季は遼真の乗る車椅子を押してスロープを上がり、玄関で車椅子をマットの上でゆっくり幾度か前後させて、タイヤの土を落とした。玄関を入ると、遼真は

「ありがとう。自分で部屋に行くから、ここでいいよ」

そう言って、桜季に手を挙げて合図した。

「そんなこと言ってもダメです。病室でチェアーを降りてベッドに移るまで、ご一緒しま

す」

　桜季は譲らなかった。

　新館の四〇五号室が、彼の部屋だった。

「どうもありがとう」

　桜季が車椅子を支え、遼真は安全ベルトを外してそっと立ち上がり、ベッドに横になった。

「ホイールチェアー、畳んでおきますか」

　移動の後で、遼真が車椅子を畳んで置いておくことを知っているのだ。医者からは、軽い運動ならした方が良い、と遼真は言われていた。

「いや、後で自分で畳むよ」

　続けて、

「はい、これをお願いします」

　と、遼真は、いつもの通り紙のメモを机から取ると、桜季に渡した。彼女はそれに目を通して微笑んだ。

「わかりました。それじゃ、行ってきますね」

退職して九年、自由に生活してきた彼だったが知らぬ間に、癌が体を蝕《むしば》んでいた。病巣の切除手術を受けてからは、介助員の高田桜季が身の回りの世話をしてくれている。

やがて桜季が買い物から帰ってきた。遼真がネットで調べた本や銘柄にこだわったペットボトルの飲料水などを頼んであった。彼女は、面倒がらずに探して買ってきくれた。老人はベッドの上で受けとったものを一つずつ確認して、テーブルやその下の収納棚に整理した。

「それで」と遼真が言った。

「実は頼みがあるんです」

「買い物なら、もう行ってきましたが。何ですか」

桜季が戸惑いがちに言った。遼真の人柄は信頼していたが、時々おかしなことを言うので、警戒しているのだった。

「時間は大丈夫？」

「大丈夫、だと思います」

「それじゃ」

逡真は車椅子を指して、

「これでよければ、使って」

「いいですか？」

「使い古しだけど、どうぞ、お座りください」


逡真はしばらくぼんやりと考え込んでいるようだったが、やがて顔を上げた。

「実は、作家を目指しているんです」

「へえー、そうなんですか」

若い介助員は、いつもの彼の冗談かと思い、軽く受け流した。老人は棚から一冊の雑誌を取り出して、桜季に差し出した。彼女はそれを受け取り、表紙に目をやった。桜季が数日前に遼真に頼まれて買ってきたものだ。それには、今世間をにぎわせている宗教の教祖と妻の写真が、大きく載っていた。

「その人、知っていますか」

「宗教、の教祖ですか。私、あまり興味はないですが。この頃騒がれているようですよね」

「その宗教と、僕は関係があるんです」

桜季は驚いたが、話のつながりが全くわからず、「そうなんですか」と答えた後、何と言っていいのかわからず考えていると、自分を見ている遼真の視線を感じ、さらに困ってしまった。

「実は昔、この宗教に私の知り合いの女性が関係して、大変な思いをしたんです。その思いを自分で確認しようとこれを書いたのですが、ずっと誰かに読んでもらいたかった。よろしければ、読んで感想を聞かせてくれませんか」

遼真は棚から一冊の冊子を取り出して、桜季に見せた。それは明らかに、自分で作ったものだった。

遼真から渡された冊子には、〝『半生の記』　古谷遼真〟と記してあった。

3　半世の記

『半世の記』　　古谷遼真

〈友美高校　剣道部〉

平井　純

吉沢　蓉子《ようこ》

金平　拓海

高橋　将悟先生

出水　栄恵《さかえ》先生

〈大学関係〉

村田　英人

中村　幸子

田辺　雅史
須崎准教授

吉沢蓉子

昼食後、平井純と金平拓海がちょっと離れて部室の椅子に座り、それぞれくつろいでいると、部室のドアをノックする音がした。ドアの外で、吉沢蓉子の声がした。

「拓海君、入っていい？」

拓海は読んでいる漫画から目を逸らさず「いいよ」と答えた。蓉子は入ってドアを閉め、純と拓海の向かい側、テーブルをはさんで反対側の椅子に座り、積み上げた漫画から一冊を選んでページをめくり、読み始めた。純は漫画を持っていない自分に焦っていた。漫画雑誌は、蓉子の座っている椅子の横の机に、無造作に山積みされているのだ。蓉子の傍に行って、漫画を取る自分を想像すると、心臓が速くなった。

友美高校剣道部は県下での優勝経験もあり、強い剣道部と評判だった。拓海が主将で、蓉子が副主将だった。純は、この高校に入学してから剣道を始めたが、他の者はほとんどが中学以前からの経験者だった。当然、剣道の成績は振るわず、純は苦労していた。だがその他にも、純はハンデを持っていた。幼少の頃に受けた予防接種で高熱を出し、四二度の発熱が三日間続いた。純は熱でけいれんを起こし、死線をさまよったが、峠を越えて幸いにも四日目には熱も下がった。だが、その時の後遺症で、緊張すると右手がけいれんを起こし、自由が利かなくなるのだ。それでも純には頑張りと適応力があり、幼少から小学校、中学校と元気に過ごしてきた。剣道をやっていた父の影響で、二人の兄も剣道を習い、段も取っていたが、純は高校で剣道部一年生の吉沢蓉子に魅かれ、入部したのだ。緊張さえしなければ、純は剣道が向いている、とも言えた。だが試合や昇段試験では、緊張して右手が利かなくなり、自信を失ってしまうことも多かった。部活で努力しても結果が出ないことが多かったが、勉強での努力は彼の成果として現れ、成績は良かった。

三年生の純たちは、夏で部活は引退して、受験勉強になったが、純の心は暗かった。

どうしても気持ちを抑えきれず、蓉子に告白したのだが、結果は予想していた通り、断られた。さらに悪いことに、その夏の合宿の最後の日に、純は緊張すると動かなくなる右手の不自由と、蓉子に断られた衝撃から、自殺したいという気持ちに囚われて、部室に一人残ってとめどなく考え込み、部員全員の集合をひどく遅らせてしまったのだ。集合にすごく遅れて行くと、あきれたような蓉子の視線が純を貫いた。

それ以後の約半年間、学校生活は最悪だった。思い悩んでいる自分と、部員からも蓉子からも軽蔑されているのだ、という敗北感。全員が、自分の噂をしているように感じられた。

純は自分が手の不自由を抱えているので、以前から特別支援教育の教員を希望していた。だが目標の大学に入れず、浪人することになってしまった。蓉子は純とは別の大学を希望していると出水先生から聞き、もうお別れだと思った。だが、数日後に、拓海から蓉子が純の目指していた大学を受験していて、受かっていたと知らされ、すごく驚いた。剣道部顧問の高橋先生も出水先生も、ビックリしていた。

蓉子は大学に受かり、自分はダメだった。だが、来年の試験で上手くいけば、自分も同じ大学に行くことができる。そんな思いで、純は勉強に没頭した。一年は、あっという間に過ぎた。そして二度目の受験を迎えた

大学

四月のある日、純は大学の構内で喜びをかみしめていた。合格したのだ。純は剣道サークルに入った。蓉子は同じ部の二年で、当然、ここでは彼女は先輩だった。

新入部員の紹介の後、軽い稽古をして終了。純が着替えて部室を出ると、蓉子が声をかけてきた。

「今は私が先輩だから、そのつもりで」

そう言うと、蓉子は背の高い男子学生と一緒に体育館を出て行った。

蓉子は教育学部の体育科で、純は特別支援教育科だった。新館の四階の一室が、純と同じ特別支援教育科一年生のたまり場だった。十数名の学生たちは仲が良く、先輩の学生たちも優しく親切だった。だが純は、蓉子への気持ちが以前と変わらず、苦しかった。入学当初感じていた大学に入った喜びは次第に消えていき、三週間ほど経った今は、自分の気持ちをどこに向けたらよいのかわからなくなるような気がした。

蓉子からのことば

蓉子はこの一、二週間、サークルに来ていなかったが、純はそれが自分のせいだろうと思っていた。家に帰り、自分の気持ちを整理し、幾度も考えに考え、やっと考えがまとまってきた。

「もう、諦めるべきだ」

今度会った時に、彼女に伝えるが良いのかもしれない。

週が明けて月曜日の午前授業が終わり、学生食堂に向かう途中で、ばったり蓉子に出会った。蓉子が、後ろから声をかけてきたのだ。

「ちょっと、お話いいですか」

純は、暗い気持ちをできるだけ隠そうと思った。

「うん、いいよ。僕も話したいことがあるんだ」

「純君、今までごめんなさい。私、謝りたいので、今日の午後の講義が終わったら学生会館のロビーに来てくれませんか」

純は、自分の耳を疑った。だが、目の前に、蓉子がいる。そして、優しく話しかけてきてくれている。純が蓉子の願いを拒否するなどあり得ないことだ。

「うん、わかった」

純は、即座に応えた。「それで」と、純は続きを言おうとしたが、蓉子は「午後の講義があるから、行くね」と言って、教育学部の方へ帰って行った。

午後、講義が終わり、学生会館のロビーでは、蓉子が待っていた。蓉子と一緒に、見知らぬ男子学生も一緒だった。純は驚いたが、何事もないように振る舞った。

田辺雅史

「純君に紹介したい人がいるんです」

純は一緒にいる男子学生を見た。

「彼は田辺君。同じ教育学部の学生で、私に宗教を教えてくれたんです」

「宗教？」

「田辺です」

純とそう変わらない背丈の学生が、笑顔で立っている。

「田辺君が、純君にも一緒に来てほしいと言うので」

「宗教って？」

純が蓉子に向かって尋ねると、田辺が即座に答えた。

「普通の宗教ですよ」

純は宗教と聞いてもピンとこなかった。今まで、そういう関係の人とは話したことも、近づいたことさえなかった。だが、蓉子が自分と親しく話し、一緒に教会へ行こう、と言っているのだ。純にとって、夢のようなことだった。純が思いを巡らせていると、田辺がさらに問いかけてきた。

「もしよければ、明日の空き時間に教会へ一緒に行ってほしいのですけれど、予定はどうですか」

「私は用事で行けないけど、純君がもしよければ」

純は田辺というその学生をちょっといぶかしんだが、表には出さなかった。明日の時間を確認し、田辺は次の予定があるということで工学部の方に行った。純は蓉子と二人で学部のことなどを少し話し、教育学部棟まで行ってから別れた。

ホーム

翌日、純は田辺と一緒に大学から歩いて十分くらいの、ホームという所にいた。外観は普通の木造のアパートで、部屋の窓はカーテンが閉じられ、室内は小さな電球で照らされていた。六畳の部屋には数名の学生がいて、純は最初にノートに自分の名前と家の住所と家族構成、電話番号を書かされた。その後、聖典の話とか聖歌という替え歌を歌って過ごしたが、時間が経過するうちに学生たちは自分の言葉に酔いしれ、熱気を帯びて興奮してくる様子で、それはまるで自己陶酔だった。純はそういう学生たちに別段、驚くことはなかったが、異様な、異常な雰囲気が伝わってきていた。

宗教

翌日、純は大学の同期生とたわいのないことを話していた。ある拍子に、彼が昨日、アパートで聞いた宗教の話になり、みんなが静まり一斉に純を見た。

「それ、例の、危険な奴じゃないの」と、幸子が言った。

「えっ？」

純は驚き、詳しい説明を求めると、村田が口を開いた。

「平井さん、それは、すごく危険だって騒がれてる例の教会だぞ」

「武装して、お金を貢がせて、信者を変な結婚式で結婚させちゃうんだって」

話を聞いた純は、もう気が気ではなかった。蓉子が、よりによってあの蓉子が、危険な宗教に関わっている。しかもそれが、現実なのだ。

翌日、純は大学への道の途中で蓉子がいるかと探したが、ダメだった。サークルにも姿を見せなかった。純は、同じ学科の友人たちに例の宗教のことを聞き漁った。そして、自分の学部の准教授にその件に詳しい人がいることを知ったが、幸運にも自分がその講義を取っていた。講義の後で話をして、後日、相談の時間を作ってもらえることになった。

洗脳

「被害者が男子なら、年を取ってからでも、ある日、何かのきっかけで目が覚めることがあると思う」

須崎准教授は続けて言った。

「女子の場合どうなるか、よくわからない」

須崎准教授は、この宗教の詳細を純に聞かせてくれた。

「この新興宗教の場合、外国の教祖が問題で、政治家ともつながりがある。大学のサークル活動で悩んでいる学生にそれとなく近づき、声をかけてくる。引っ掛かってしまうと、なかなか抜けることができない。最近、学内でも活動しているという話が多いので、教授会でも問題になっていたところだよ」

純は気が気ではなかった。

「何とか、彼女を助けることはできませんか」

「ホームで予備知識を与えて、手応えがあると、次は修練会で本格的にマインドコントロールをするらしい。そこに行く前に食い止められれば何とかなるんだが」

「修練会?」

「ホームを大きくしたような、修練所というところで行う、一種の洗脳儀式だよ」

洗脳という言葉を聞き、純は一瞬息が止まり、心臓の鼓動が速くなったのを感じた。右手が、しびれてくるようだった。どうしたらいいのだろう。

家に帰っても、不安と恐怖が純を捉えていた。時間が経っても何も良い考えが浮かばず、思いついたのは高校の剣道部主将だった拓海に電話をかけることだった。

拓海は初め、純の話が理解できないようだったが、純の説明を聞くうちに、理解してくれた。だが連絡を取り合っていくこと以外は、何もできなかった。

その日、食事も喉を通らず、夜は寝られず、翌朝は起きるのにひどく苦労した。

連絡つかず

蓉子のことは、大学の体育学科でも噂になっているようだった。何度か欠席連絡があったが、本人とは連絡が取れなかった。良くない噂を聞いた純は、いよいよ焦燥感も最大になりかかっていた。それで、週末の土曜日に純は母校である友美高校に行き、高橋先生を訪ねた。

友美高校の武術教官室では、高橋先生が出水先生と話していた。高橋先生のもとには、数日前に蓉子の家から連絡があり、危険な宗教であることなど、状況をある程度把握していた。

「大学にも行かず、家にも帰っていないのですね」

出水先生が言った。

「本人から、友だちの家に泊るから心配いらない、という連絡があったそうだ」

と高橋先生は言った。

純は、大学で聞いた話、あったことを報告した。

「連絡は取れるのですか」

出水先生が純に問う。

「友だちの家、と言うだけで、電話番号はわかりません」

二人は黙って聞いていた。やがて、純が言った。

「何とか、吉沢を助けてくれませんか」

高橋先生は、しばらく黙っていたが、やがて口を開いた。

「とにかく吉沢の家とも相談してみよう」

暴力、手紙

翌日、純は大学への道で蓉子に会った。彼女は、いつもの道を一人で歩いていた。純は、どうするか一瞬迷ったが、蓉子に追いつき、話しかけた。

「この間の話だけど、あれ、本当のキリスト教ではない、っていう話だよ」

蓉子は何も答えず、足早に先へ行こうとした。純は蓉子に話し続けた。

「拓海も心配しているよ。こんなことしちゃ、ダメだよ」

「あなたには関係ないことです」

蓉子が言った。純は混乱し、右手はしびれていた。蓉子にどうしても考え直してほしかった。

「僕も、すごく心配してるんだ」

蓉子は振り向き、純を睨みつけて言った。

「迷惑だから、ほっといてください」

純は、しびれている右手が、勝手に動くように思った。その手が、蓉子の頬を、平手で殴っていた。

「痛い！　何するの」

蓉子が言い、何人かの学生が振り向いた。純は何も考えられなかった。彼の右手が、もう一度、蓉子の頬を平手で殴った。蓉子はよろよろと道の外れに歩き、駆け寄った数人の男子学生に、助けられていた。

「やめろよ」

純の肩が、揺さぶられた。同期生の村田だった。先ほどからのやり取りを見ていたのだ。純は何も言わずしびれた右手を見ていたが、やがて大学の方へ歩き出した。涙があふれた。村田も横にいてくれた。自分の体が震えているのが、純にはわかった。

大学の講義は、全く耳に入らなかった。その後、一週間以上、蓉子は大学にもサークルにも来なかった。

数日後、家に帰ると、純あてに一通の手紙が届いていた。差し出し人は、田辺となっていた。

〔いろいろあって大変だろうけど、彼女の気持ちを理解してあげてほしい。彼女は君のためを思って、ごめんなさいと君に謝った。君は、彼女に酷いことをしたね。彼女は、修練会に参加する決心をした。君がその過ちを認めて反省し、そして彼女を思うなら、彼女のその気持ちを大切にして、君も正しい道を一緒に歩んでもらいたい。良い返事を待っているよ」

電話

純は修練会のことを思い出し、須崎准教授が言った、「洗脳」という言葉を頭の中で何度も繰り返していた。蓉子を助けたい、ただそれだけだった。教会本部の電話番号を調べ、大学の近くのホームで最近加わった熱心な信者のふりをして、信者が行く修練所の名前と場所を聞き出した。翌日の講義を午前中で終わり、純は午後の電車に乗った。

修練所

純が駅を降りた時、もう辺りは暗くなり始めていた。月島修練所という施設名を頼りに道を尋ね、静かな道を歩いて、やがて教団施設の四角い大きな建物に行き当たった。人の気配のない建物が、人間を無造作に飲み込んでいく様子を想像して、何か恐ろしい次元の違う世界の、巨大な怪物が目の前にいるように感じられた。人通りは全くなく、そこでしばらく考えていると、道の向こうから走ってくる一団があった。十四、五名だろうか。彼女も後ろの方に見えた。うつむき加減で、暗くてはっきり見えなかったが、それが一目で彼女だとわかった。純は彼女がやって来ると腕をつかみ、

「ここに居ちゃだめだ、帰ろう」

と言った。彼女はその時初めて顔を上げた。

上げた顔が、汗にまみれているようだった。純は、その目を見た。目を開いているが、焦点が定まっていないようだった。そして、純の息が止まった。それは、人間の目ではなかった。黒いはずの瞳が真っ白で、狂気を示しているようだった。とても、人の目だとは、思えなかった。教団員たちに囲まれた純は取り押さえられ、動くことができず、息をするのさえ、苦しかった。やがて、一台のパトカーが止まった。信者から通報を受けたのだ。警察官が二名、降りてやってきた。純は若い男女の警察官に事情を聞かれた。そうしている間に、蓉子は教団員たちに連れて行かれてしまった。純はパトカーに乗り、交番へ行った。名前と学校、ここに来た理由、いろいろ尋ねられ、答えられる限り、丁寧に説明した。警察官は、特に暴力が振るわれた訳でもなく、彼らもこの宗教団体の異常性を知っている

ようで、純に、

「この団体には、近付かない方がいいよ。もう家に帰って」

と言った。帰りの電車にいつ乗ったのか、自分でもわからなかった。純は、彼女のあの目が記憶の中に留まり続け、忘れられず、苦しみもだえている自分を知った。頭の中で、男の警察官が隣の女性警察官に、

「あの目、見た？　人の目じゃなかった」

と言っている場面が、何度も鮮明に繰り返されていた。

高校

帰宅した純はいつの間にか寝ていた。目が覚めるとまだ未明の三時だった。何をしても気持ちは晴れず、すごく疲れていた。それでもバイトの朝刊配達に行き、何とか大学にも行き、講義だけは出た。

その日のうちに、純は高校の剣道部仲間の拓海に電話で連絡をした。拓海は蓉子の様子

を聞いて非常に驚き、週末の午後に、二人で高校の剣道部に行き、高橋先生と会って話すことにした。

高橋先生は純の話を黙って聞いていた。話が終わると、純が蓉子に暴力を振るったことに関して、許されることではなく、逆効果だと厳しく言った。

「お前の気持ちは理解するが、吉沢はショックだっただろう」

高橋先生は言った。

拓海が、

「吉沢の家に電話しましたが、お母さんが出て、宗教のことは知っているので、大丈夫です、と言っていました」

高橋先生は、二人に向かい、

「僕も吉沢の母親と話したが、父親にキリスト教徒の知り合いがいて、脱会方法を知っているので、心配しないでほしい、ということだ。そう言われたら、こちらはもう何もできず、またするべきではないだろう」

高校から二人で帰る途中、拓海が言った。
「しばらく様子を見よう。お前の気持ちは知っている。ちょっとしたらまた連絡してみるから、思い切ったことをするなよ」

蓉子の逃亡

蓉子は大学に来なかった。もうすぐ夏休みに入るが、何の連絡もなかった。教育学部特別支援教育科では、純のことはみんなの心配事として、共有されていた。ある学生のツテで、純はその宗教のことをよく知っているという上級生と話をした。あまり収穫はなかったが、夏休みのような時に、地方の辺境のような場所にある修練所で、長期修錬という、言うなればより高度なマインドコントロールが行われる、ということを知った。さらに、この宗教のことを取材して雑誌に記事を書いている、という人に紹介されて、一連の出来事に関してインタビューを受けた。

ある日、純は住所を頼りに蓉子の家を訪ね、母親と直接話をした。どうしても蓉子の様子が知りたかったのだ。蓉子の母親は純に会ってくれた。だが、大学の同級生という人から、純が蓉子に暴力を振るったこと、修練所まで執拗に追いかけて蓉子を邪魔したことなどを告げられていた。宗教関係ということで、田辺の顔が浮かんだ。母親は純を詰《なじ》り、結局、蓉子のことは何もわからず、惨めな気持ちで家に帰った。

純は、昨年の浪人中に教習所で中型バイクの免許を取っていた。中古のひどくぼろい二五〇ccのバイクを買って自分で修理し、乗れるようにしていた。この頃になると、大学が終わるとバイクで急いで母校の友美高校へ行き、剣道部のOBとして部員たちの稽古を見るようになった。時間があると、蓉子のことを考えてしまい、苦しくなってしまうから、という理由もあった。

大学の夏休みに、純は親元を離れ、六畳一間のアパートに移り自炊を始めた。大学浪人中から新聞配達のバイトも始めて、毎朝三時に起き、朝刊を配った。体を動かすことで、あの壮絶な記憶を何とか追いやることができた。そして夏中ずっと、高校の剣道部に指導の手伝いに行った。

夏休みも終わりに近くなったある日、剣道部の稽古には拓海も来ていた。その時、純は彼から蓉子のことを聞いた。

「母親から聞いたんだけど、蓉子を家に一度連れ戻して説得しようとしたけれど、蓉子は話を聞こうとせず、暴れて、隙を見て家から逃げ出した、っていうことだった」

純は、その話を忘れることができなくなってしまったようで、怖かった。やっぱりだめなのか。もう、助けることはできないのか。

苦悶と忘却

自分はいったい何をやったのだ、自分は死ぬべきではないのか、と何度も自問した。だが、その度に家族や兄弟、友人や恩師たちに、何より蓉子に対して責任を果たせ、という声がした。迷い考えた末に、朝刊を配って大学で学び、高校で部活を見るという生活が、純の選んだ道だった。家に帰って時間がある時には、本を読んだ。何かをしていたかった。

何かをしなくてはいられなかった。苦しかった。本を読まない時は、電気工作や折り紙、料理、木工作など、何でもやった。気がつくと、趣味という範疇に入るものが、増えていた。そして朝刊配達、大学、高校の部活指導というサイクルが、出来上がっていた。

電車

蓉子が大学に来なくなってもう半年余りが過ぎていた。純は、駅のホームで電車を待っていた。その日はあちこちで用事があったので、午前中にそれらを済ませて、高校に向かう電車を待っていたのだ。電車が来て、純は乗り込み、ドア近くの手すりをつかんだ。電車が発車し揺れて進み出すと、純は反対側のドアの手すりに、フードの付いた黒い衣装を着た人がいることに気づいた。純はチラと見ただけだったが、体中に緊張が走った。一瞬で彼女だとわかった。間違いなく、蓉子だった。修道服のような黒い衣装の下には白い服を着ていることが知れた。純の頭の中は真っ白になった。どう考えて、何をすればいいのか、まるでわからなかった。

すると、黒い衣装を着た蓉子が、顔を下に伏せながら純の立つ手すりの所までゆっくりやってきて、手すりにつかまりそのままずっと顔を伏せていた。純には、何か祈っているようにも見えたが、素知らぬふりをしていた。純の記憶では、蓉子が家から逃げ出して、宗教から逃れられないままでいる、ということだった。抜け出ることが難しい牢獄に囚われた蓉子の姿が、現れては消えた。忘れていた恐ろしい思い出に、純は苦しくなった。今乗っている電車は、彼女の家に行く方向なのだ。

(自分の家の者を、欺こうとしてキリスト教風の衣装を着ているのだろうか?)

彼女を苦しめているのは自分だ、自分が何かすることで、彼女を余計に苦しめるのだ。

何時間も、何年も、何百年も過ぎたような気がした。あるいは、一瞬だったのかもしれない。電車が駅に着き、ドアが開き、純はそのまま降りて、真っすぐ改札に向かった。つらくて、涙が出そうだった。いや、出ていたかもしれない。目をこすり、振り返ると、電車は走り去っていた。高校に着いても、純はこの出来事を誰にも話すことができなかった。

教員になる

それから幾年月かが経った。大学卒業後、教員を目指した純は、もう七回も教員採用試験を受けていた。緊張でしびれる右手のために、実技試験で落とされるのだ。筆記試験は五回合格していた。純の周囲は、やんわりともう諦めろと彼に伝えていた。だが夢を諦めず、八回目の試験でとうとう合格し、翌年の四月から特別支援学校に新規採用された。教員は、純の夢見ていた仕事だ。現実と夢のギャップはあったが、それでも懸命に仕事をして、周囲とも何とか協調することができた。純は、恋もした。挫折し、また本気で結婚を考えた。

だが、何故かはわからないが、心の中にそれを拒否するものがあった。結婚はしなかった。特別支援学校の教師として任期を全うし、純は退職した。

『半世の記』終わり

4　高田桜季

　桜季は読み終えた冊子を遼真に返そうと思い、リュックに入れた。別に本が苦手という訳でもなかったが、家では他に用事もあり、遼真の書いた話を読み終えるのに数日かかった。プライベートと思われることが書いてあり、どう解釈していいのかわからなかったが、主人公の平井純は、古谷さん自身のことだということはわかった。

　遼真は手術後、経過が良くなかった。術後の検査では、ステージⅢの癌のリンパ節への転移がはっきりと認められた。体重が減り、さらに体力も落ちていた。


「ちょっと、外へ散歩がしたい」

　そう言う遼真に、桜季は少し意地悪く言った。

「ドクターは大丈夫と言っていますか?」

「少しなら、気分転換になるから良いでしょう、と」

「そうですか」

「前に見た、あの小さな花が見たいんです」

玄関脇のスロープを下り、桜季と遼真は外に出た。道を外れてあの花を見に行くことは却下され、花がたくさん咲いている所で車椅子を止めた、

「この花、なんていう花ですか」

桜季は花はヒマワリ、桜、チューリップ、タンポポ、アサガオ以外、ほとんど名前が浮かばないほど、知らなかった。

「すみれ、という花ですよ」

「これがすみれ、ですか」

紫色の小さな花が可愛らしく思われた。遼真は病室からデジタルカメラを持ってきていて、花の写真を何枚か撮った。彼は、スマホは持っていなかった。

「すみれは野原や人里に咲く花で種類が多い。これはたぶん、ヒメスミレという花かな」

遼真は病室に戻り、桜季に車椅子を勧めた。

「これ、読んだのでお返しします」

そう言って桜季はリュックから取り出した冊子を差し出した。遼真は受け取り、棚に置いた。彼はベッドの上で胡坐をかき、しばらくの間、外で撮った花の画像を見つめていた。

遼真はやがて、顔をあげて桜季に言った。

「仕事を辞めて落ち着いて考えてみると、いろいろなことが見えてくるんですよね。この話を書いている時、自分がそこで何を感じていたのか、問い直してみたんです」

桜季は遼真が話し終えるのを待って、やがて言った。

「お話に出てくる蓉子さんという人とは、もう連絡が取れないということですか？」

老人はしばらく黙って考えていたが、やがて言った。

「電車の中で会って以来、会うことができません。生きているのかもわからない」

桜季は遼真に言った。

「誰か、知っている人がいるのでは？　蓉子さんのご家族とか」

遼真はしばらく考えて、

「ご家族の気持ちを考えたら、状況を尋ねるような連絡はできませんでした。そうしているうちに、年月が経ってしまい、今はもう何もわからないです」

「それでは探しようがないですよね」

桜季は続けて、

「でも、本人が選んだ道なのだから、もう仕方ないのではないですか」

遼真はそう言った桜季をチラッと見てから、目を伏せた。そして、

「そうですね、それが総てだと思います」

桜季は遼真の体調が悪くならないか心配だった。もう話題を変えた方がいいのかもしれない、そう考えた。どうしようかと考えていると、言葉が浮かんできた。

（古谷さん、私には古谷さんができることはもうないのでは、と思います）

だが、そう言う代わりに、彼女はこう言った。

「でも、まだ亡くなったとか、はっきりわかった訳ではないのでしょう。諦めてはいけないと思います」

遼真は考え込んでいるようだった。しばらくすると顔色が悪くなり、呼吸が速く、苦しそうになった。桜季は遼真に手を貸してベッドに寝かせ、布団をかけた。

「今、ドクターを呼びますから」

そう言ってナースコールのボタンに手を伸ばすと、遼真がそれを止めて、言った。

「待って、大丈夫ですよ。今は病気よりも、啓香《ひろか》さんのことが、すごく心配なんです」

「お話の中の、蓉子さんのことですか?」

桜季が聞くと、遼真はうなずいた。

「ええ、本名は木崎啓香さんという人です。昔の記憶が甦ることが、こんなに苦しいとは思っていませんでした」

「でも、忘れていられたのでしょう?」

「実は、勤務していた学校でこんなことがあったんです」

と彼は話し出した。

5　つらい記憶

「ある時、臨時任用の若い女性が同じクラスに入り、チームを組みました。そして、その教員が、隣のクラスの僕より年上の他校から移ってきたばかりの男性教員と仲良くなって、その後、その男性教員の黒い噂を同僚教員から聞かされ、僕は体調を崩してしまいました。夜眠れなくなり、仕事ができなくなり、とうとう療養休暇を取らなくてはならなくなりました。療養中に教員専門の相談クリニックを紹介してもらい、通いましたが、治療に当たったドクターも最初の頃、僕の説明に首をひねるばかりでした。僕自身、なぜ体調を崩すことになったのかわからなかった。しかしよく考えて思い出してみると、僕が聞いた噂話は、男性教員が、女性を「洗脳」して虜にするほど自己アピールが上手く、騙された人もいる、ということでした。確かにそう聞いたんです。話の中に「洗脳」という言葉があり、その言葉を聞いた途端に、それが耳に残ってしまった。僕は、自分でも知らずに、その若い女性臨任教師と啓香さんを重ね合わせていたのだと思います。修練所での彼女のあの目が、頭の中に浮かんで消えなかった。僕は療休を取り、本を読み、釣りやバイク修理などの趣味に没頭することで、何とか自分を取り戻すことができました。一月後、職場復帰し、教育の初心に立ち返ること、つまり生徒とのことが重要で、他のことに気を回しているべきではない、ということを自分に言い聞かせました。余計なことを考えてはいけない、と。

職場復帰してしばらくは、仕事が終わったらなるべく早く帰宅するようにしました。そうしているうちに、その臨任の女性は任期を終えて、去って行きました。僕は自分を何とかコントロールして、教員を続けました。僕はその時自覚していなかったけど、人間は本当につらいことがあると、その記憶を消してしまうそうです。身を守るために、心がそういう仕組みになっているらしい」

遼真はここまで一気に話し、一息つくと再び続けた。

「長い間、本当に長い間、僕は自分で啓香さんのことを記憶から消していたのだと気づきました」

遼真は一冊の週刊誌を棚から取り出し、その表紙を見せた。そこには、例のカルト教団についての記事の見出しが出ていた。

「だが、これがニュースになって、その後、忘れていたはずの恐ろしい記憶が甦りました。毎晩、夢でうなされるようになったんです」

彼は寝ていた状態から布団をかけたまま、体を起こした。

「実は、啓香さんに電車の中で最後に会った時、着ている服が、例の宗教のものではない、と感じていました。今になって思い返してみると、ひょっとして、いかがわしい宗教を脱会できたのかもしれない」

遼真は続けた。

「ここに入院するちょっと前、カルト教に入信した被害者を助ける支援団体の窓口に連絡したんです。ずっと昔にその宗教に入信した木崎啓香という女性が、今もその支援団体の施設にいるのではないか、教えてほしい、というお願いのメールを送ってみたんです」

桜季は遼真の話を黙って聞いていた。だが彼が話の続きをしないので、聞いてみた。

「それで、返事は来たのですか?」

遼真はしばらく答えなかったが、やがて言った。

「一月ほど後にもう一度メールで尋ねてみました。すると、『プライバシーがあるのでお尋ねのメールはお受けできません』という返事があり、次に『お尋ねのそのような人は、おりません』というメールが返ってきました」

遼真は肩を落として背を丸め、うつむいていた。桜季が遼真に最初に会った日から、彼は日に日に痩せていくようだった。若い介助員には、もうそれ以上、言葉を続けられなかった。コールボタンを押してドクターを呼び、患者の様子を説明した。

遼真の状態は日に日に悪くなり、数週間後、寝たきりの状態になっていた。桜季は介助をしながら遼真の様子を見ていたが、彼は教団の話も行方のわからない木崎啓香の話もしなかった。口数がすごく減ってしまったことが、遼真の病気の進行を物語っているのだと思った。

ある日、遼真に頼まれて買ってきた新聞に、その教団のことが出ていた。遼真が珍しく、話があると言って桜季に新聞の記事を見せた。

「やっと政府がこの教団を取り上げて、問題にするということを決めました」

桜季は、ネットなどでその話は聞いて知っていた。遼真とのやり取りから、世間を騒がせているこの宗教団体について興味を持ち、自分でも関連する情報は少し調べていたのだ。

「被害者の家族は大変みたいですね。入信すると、多額の献金をして家庭崩壊らしいですよ」

「でも、古谷さんの友人の、電車の中で偶然会ったという女性、何という名でしたっけ……」

「木崎啓香さんです」

「その方は、もう脱会している可能性もあるのでしょう?」

遼真は新聞を置き、カメラを持って写真をいくつか見て、言った。

「どの宗教や団体も同じように秘密主義で、教団に都合の悪いことは教えません。彼女は運よく脱会できたとしても、別の宗教に移っただけかもしれない。もし脱会できていたとしても、それは、一つの宗教から抜け出して、また別の宗教に入った、というだけのことなんです」

彼はしばらくカメラに保存されている写真、桜季と一緒に外で撮った花の写真を見ていたが、やがて彼女に顔を向けた。

「僕は、彼女を殴った。たとえ問題のある教団から抜け出してもらいたくてやったとしても、暴力は許されない。僕はあの時、彼女を殺したんです。僕は彼女を殺して地獄に落とし、その時自分も地獄に落ちました。今は地獄で生き、地獄の生活をしてるんです。」

6　別れ

週末には、遼真の甥と姪という家族が入れ替わりで来て、帰って行った。遼真は笑顔で対応し、彼らが帰って行くと、そのまま眠ってしまい、起きなかった。

翌日、桜季が病室に行くと、遼真は起きてカメラの写真を見ていた。

「この花を見つけて、近付きすぎて危うく轢いてしまうところだった」

桜季は、遼真の記憶が確かなのか疑問に思ったが、口にはしなかった。

「あの時はびっくりしましたよ。どうして言うことを聞いてくれないのですか、って。もし外で古谷さんが転倒していたら、私が責任を取らされてましたよ」

遼真はカメラを置き、自分の書いた冊子を見せた。

「この話の中に出てくる蓉子さん、つまり啓香さんに、僕は歌というか、詩を作ったんです。でも、まだ完成していなかった。半分しかできなかったんです。それが、やっと出来上がった」

彼は、棚から一枚の短冊のような紙をとり、桜季に差しだした。それには、こう書いてあった。

〈目に美しきもの数あれど　心ふるわす花はなし
脇に佇む蹤跡の　踏まず残した　すみれ草〉

それから数時間後、彼は昏睡した。数日後、使われなくなった車椅子は、病院の地下倉庫に畳まれて置かれた。

空蟬の　人を愛して　身は滅ぶ

完

母世界《マザーワールド》

一

風は北から南へ、まだ明けきらない地表に吹いていた。空気は湿り気を含み、夏が近い響きを伝えているかのように澄んでいた。

サンは、風に耳を傾けた。木々のざわめき、鳥のさえずり、そして何か大きな動物の足音。風にのって流れてくる音に顔を向ければ、そこには空にやがて大きな太陽が昇り始めるはずだ。ついで、彼はいつものように風の匂いを嗅いだ。風には、食べられるもの、食べられないもの、動物、さまざまな木や草などのにおいがあり、近くを流れる小川の香りも含まれている。その中でとりわけ強いのは、花を咲かせ始めたたくさんの植物の匂いだ。アブラ草の匂い。そして動物、牛と犬のダンのにおいも。アブラ草は、家族のテツが畑に植えているもの。最初の花を採った後、二度目の花を咲かせたのだ。この草は、少し下った沢の辺りに生えているが、小さな花から貴重な油がとれる。夏の終わりまで繰り返し何度も花をつけるため、とても重宝だったので、テツが自然に生えているのを集めて育てているのだ。テツは頭が良い。彼はほかにもいろいろな植物を育て、家族みんなに提供している。この秋にはどんな収穫があるだろう、とサンは想像してみた。今年は春が早く、昨日まで嵐のような西風が吹いた。今日はおだやかな北風だ。この分なら、きっと豊かな年になる。

彼は、干した藁の寝床から体を起こした。そして、なんでこんな所に寝たんだろう、と考えた。稲は貴重で、山をいくつか越えたほかの村から種をもらい、老人たちが大切に育てている。藁も履きものや縄《なわ》をなうために大事にしている。きっと、酔って納屋の窓をはずして中に入ったに違いない。サンは、やせた自分の体のことを思い描いた。誰かに怒られる前に、ここから出なくては。何だか変な気分だ。ゆうべの酒のため、まだ頭がフラフラする。隣村に行ったトキに代わって横に座ったミチが、あんなにすすめ上手だとは知らぬまま、ついつい苦手な酒を飲んでしまったのがよくなかった。

それにしても、とサンは昨夜のジンの途方もない話のことを考えた。大昔、我々の祖先たちが空を飛び、海底深く潜り、地下をすごい勢いで走っていた、というくだりだ。そんなことが本当にあったのだろうか?

サンは突然寒気がして、ブルッと体を震わせた。そんなはずはない。そんなほかの生き物の領分をおかすようなまねをするほど、我々の祖先たちは愚かではない。もし仮に、彼らが何かやむにやまれぬ事情から仕方なくそれをしたとしても、後でひどい罰を受けることになる。

「祖先たちには、魔法の力があった」

昨夜、ジンの話し伝えたことを思い出した。彼は声を震わせ、鳥や獣や地下の生き物の鳴き声を出したから、おそらく手をひろげ体をくねらせ、空、陸、地中の生き物の姿をたくみに表していたに違いない。伝達者はこう続けた。

「彼らの魔法の力は、山を崩し地に穴を空け、鉄の骨を積み上げてすごく大きな塔を作った。塔の壁は、岩を削って作った土の粉を押しつけて固めたそうだ」

ここで彼は言葉を切り、ゆっくり一息入れてから、また続けた。

「その塔はほとんどが崩れ、今は残骸となっているが、その跡は世界のあちこちに残っている。彼らの遺跡は大きなものだ。ごく小さなものでも、私たちの家が何十、何百と入る広さだ」

ここで彼はまた一息入れた。

その時、甲高《かんだか》いピーという音が聞こえた。サンにはそれが誰の口笛だかわからなかったが、誰かが発言を求めている。

「サクが手を上げている」

と、隣のミチがサンに伝えた。発言したがっているのはサクだ。こうして家族が集まる時はいつも気の合う者が隣に座る。そして、隣り合った者同士が、互いの補助人なのだ。カイの声が響いた。カイとサクは、こういう席ではいつも一緒に座る。きっと、サクはカイの掌に指で意思を伝えているのだろう。そのカイが、一言ずつ、ゆっくりとサクの意思を言葉に変えて伝えた。

「私はサク」

カイはそこで言葉を切り、そして続けた。

「そこは彼らの家なの？　それとも墓なの？　私たちがそこに行って、住むことはできないの？　そんな大きな家に住めれば、もっとずっと大きな家族が持てるわ」

ジンはしばらく何も答えなかった。たぶん、カイの（サクの）質問を、一心に考えているに違いない。その時、サンにはジンの呼吸の音、心臓の鼓動の音まで聞こえたように思った。やがてジンはゆっくり伝え始めた。

「サク、そしてここにいるみんな、あの廃墟に住もうなどという考えは、とても愚かだ。あれは呪われた墓所であり、誰からも見捨てられた場所なのだ」

サンは、そっと頭を振った。もう昨夜のことについて考えるのはよそう。水が飲みたい。彼は昨夜即席にこしらえた寝床からはい上がると、木綿布を折って作った簡単な〝サリ〟を払って藁くずを落とし、するりと外に出た。そしてみんなのいる母屋に一歩ずつ慎重に、だがフラフラと歩いて行った。まだ少し酔いが残っていたが、納屋を出る時、外の気配を感じとるのは忘れない。彼の敏感な耳と鼻は、外に異常はなし、と告げていた。体に感じる空気の湿り気と暖かさは、朝が早いことを示している。

はっとしてサンは手に触れた柵をつかんだ。そしてそのまま様子をうかがった。足がもつれて転びそうになったのだ。地揺れだ。地揺れはよくあるが、これは大きな危険なものではないようだ。しばらくして揺れが収まると、彼は立ち上がり母屋へ入った。

母屋では、みんながまだ寝息をたてていた。さっきの地揺れで起き上がった者はいないようだ。サンは中の匂いを嗅いだ。いつものよく知っている匂いのほかに、自分と同じ臭いがした。ムッとする酒の臭いだ。昨夜のジンの話が、みんなにいかに大きな衝撃を与えたか、サンは改めて思い知った。祖先に関する話は、限りなくタブーなのだ。それを知りつつ、みんなでジンに酒をすすめた。酔って羽目をはずしたジンに、タブーを破らせ、秘密を語らせるために。祖先のことを知るのは、すごく魅力があった。誰もが、期待に胸弾ませていたのだ。そして、自分たちも飲んだ。その酒がやがて、驚きと嘆きの酒になるのも知らずに。

彼は、また昨夜の出来事を考えている自分に気づき、それから逃れるかのように、少し急ぎ足で母屋から離れた。土鈴の付いた案内綱にそって近くの井戸に行き、水をくみ上げると、一口、二口、三口と飲んだ。そして、歩き出した。朝の空気の中を歩くのは気持ちがいい。みんなの仕事が始まるまでは、どうせまだ間がある。それまでは、歩いていようと思った。

足は自然に、行き慣れたテツの畑へ向いた。なだらかな丘からは、小鳥のさえずりとウサギの匂いのほかに、アブラ草の、朝の湿った空気にふれた独特の香りが強く漂っている。

いつもなら食欲を誘う香りだが、今は何も食べたくなかった。

丘を越えると、すぐ森林地帯が始まる。その境界に、テツの畑はあった。時折吹くそよ風に乗って春の森のむっとするにおいと息吹がサンに押し寄せてくる。だがアブラ草の花も、それに負けないくらい強い香りだ。畑のそばへ来ると、彼は何かが動く気配を感じた。立ち止まり、それが何かを調べようとそちらをうかがっていると、突然、後ろから「おはよう」と肩をたたかれ、彼は死ぬほど驚いて跳び上がった。方向を見失ってしまったサンの手を、別の手がしっかりと握った。

「どうした。大丈夫?」

テツの声だ。てっきり彼はみんなと一緒にまだ寝ていると思い込んでいたサンにとり、これは全くの不意打ちだった。サンは、しゃっきりした振りでテツの手を握り直し、口を大きく開けてゆっくり話しながら、同時に指をテツの掌に当てて字を打った。

「早起きだね。昨日はよく眠れた?」

テツはしばらく何も答えなかったが、やがて
「うん。みんなより少し先に寝たからね。ここしばらく、すごく風が強かっただろ? 今

朝は畑のようすを見にきたかったんだ」

そこで、ピーという澄んだ高い音。テツが犬笛を吹いたのだ。何かが遠くからまっしぐらに走ってきて、テツのところへ飛び込んだ。それは騒がしい息づかいでテツの周りを回った後でサンにじゃれつき、またテツのところへ行った。ダンは人懐っこく、家の者みんなに可愛がられている子犬だ。森を越えた山奥の村から贈られ、テツが世話をしている。

「でも、畑は大丈夫。花はみんな元気だよ。香りがわかるだろ？」

そう言うと、腕をとってサンの体を畑の方に向けた。サンにはもう、テツの宝物が強く立派な花を付けているのがわかっていた。テツの手に、

「すごい。大収穫だね」と打った。

「まだまだ花はとれると思うよ。今年の花は香りが良くて大きいんだ。気候が良いから、花が元気だね」

賛成の印に、サンは大きくうなずいた。テツはサンの手を軽く引っぱった。

「ちょっと来ないか。実は見せたいものがあるんだ」

そう言うと、つけ加えて、

「君なら何か、すぐ当てられると思う」。サンは「うーん、どうかな」と答えたが、テツはそれに対して息をぷうーっと吐いた。

「ゆうべはずいぶん飲んだんだね。お酒臭いよ」

サンはそれには答えず、唇を少し歪めただけだった。

ダンが先頭で、テツはサンの手を引き、畑のふちを森にそって移動した。六十歩も行くと、テツは立ち止まって一握りの草をサンに手渡した。

サンはすぐその草を掌に乗せてもう一方の手の指でふれた。つぎに、においを嗅いだ。鼻につんとくる香り。これは！

「何かわかる？」

とテツが聞いた。

サンはさっと手を伸ばしてテツの顔に触れた。テツの顔には、自信があふれている。テツは、自分の顔に触れられるのを当たり前のように思っていた。サンはためらわず、すぐテツの手に答えた。

「これは、甘草の仲間の薬草だ」

もう一度匂いを嗅ぎ、

「胃の病気に効く。すごい。ここで森の奥に生える薬草を育てているの？」

サンの質問に、テツはさっきよりずっと自信あふれる言葉で答えた。

「うん。でも、もっとすごいものを見せてあげるよ！」

もっとすごいもの？　いったい何だろう？　サンは、テツに手を引かれるまま歩いた。


木を踏むパキパキという音と不安定な感触が、足から伝わってくる。朽ちた草の甘酸っぱいような匂い。突然、何かがサンの顔に勢いよく当たった。木の葉っぱだ！　サンは驚いた。テツはサンの手を引いて、森に入ったのだ。森は危険だ。木や草が顔をさえぎり、ざわめきは獣の気配を消してしまう。うなり声を上げた獣が、いきなり襲いかかってくるかもしれない。

だが、森の恐怖はだんだん和らいだ。テツの自信ある手に引かれて歩くうちに、顔に覆い被さる草はなくなった。足元には、踏み固められて道ができている。もともと獣道だったろう、とサンは思った。誰かが毎日通っている間に、地面がならされて人が通れる道ができたのだろう。それでもサンは、用心して背をかがめ、もう一方の手を顔の前にかざしながらついて行った。くねくねと曲がる道をしばらく歩いて、テツは止まった。テツの畑から歩き出して、百二十歩ほどの所だ。

　サンはちょっと顔を上げ、周りの様子を調べた。確かに森の中だ。自分のすぐ脇には草木が迫っている。それに、どうやらここは行き止まりではないようだ。人一人がやっと通れるくらいの道が、この先ずっと続いているのか？　テツが後ろに回り、ガサガサという音がした。彼は何かを木からもぎ取り、サンの掌に「こ・れ・だ・よ」とへたくそな文字を打ってから、それを乗せた。

　サンは、すぐにそれが果実であるのに気づいた。匂いを嗅いでみたが特に強い香りはない。だが、食べられる。サンは、それをゆっくり口に持っていった。もし食べられないものなら、口に入れる前にテツが止めるはずだ。だがその気配はない。たぶんテツは息をひそめてじっとサンに注意をはらっているのだろう。サンは、安心して果実を口に入れて噛んだ。水分が多く、甘い。これは、果実というより彼がまだ味わったことのない草の実だ。

「どう？」

とテツが聞いた。サンは、「おいしい」と何度もうなずいてみせた。

「これが食料の代わりにならないのはわかる。でも……」

テツは続けた。

「森を歩く時にのどが乾いたら、この実を食べればいいんだ」

テツの言葉に、サンは驚いた。彼はこの森を探検する気なのか？

サンの心を読みとったかのように、テツが言った。

「そうさ、この森の中にはまだまだ僕らの知らないものがある。ジンや、ほかの人の言うように、知らない方がいいこともあるけど、役立つのなら、知っていた方がいいと思う」

テツの考えを知り、サンは驚き、そして困ってしまった。森は聖域なのだ。勝手に森に一歩でも足を踏み入れたことを知られたら、村のみんなから敬遠される。森には祖先たちの悪霊がさまよっていて、入ろうとする者を容赦なく地の底に引きずり込む、とみんなからよく脅かされたものだ。もちろんサンはそんなのは迷信だと思っているが、みんながよせ、ということに進んで首をつっ込みたくはない。残っていた酔いが、いっぺんに覚めてしまった。

「とにかく、もうここから出たい。森は僕たちには危険な所だ。君だって恐いだろ?」

サンは急いでテツの手に字を打った。するとテツは逆にその手を握り返して、サンにこう言った。

「大丈夫。動物の姿もにおいもはっきりわかる。僕らが襲われることはないよ」

ダンが彼の足元のにおいをさかんに嗅ぎ回っていた。

テツは自信にあふれている。この自信がいったいどこからわいてくるのか、サンはいぶかった。

「テツ、君は何をしようとしてる?」

そう打ったサンの手は、テツの体が一瞬動きを止めたかに感じた。

テツはしばらく何も答えなかった。怒っているのだろうか? それとも笑っているのか?

サンは、テツの手を握り直し、急いで字を打った。言葉も添えて。

「僕はみんなの所へ帰りたい」

「わかった」

テツはそう言うと、さっき来た道を引き返しはじめた。二人は手を取り合い、森の出口に向かって歩いた。木々のざわめきと虫の羽音や鳥の鳴き声が、サンを心細くさせた。足が重かった。どうやら、今日は夏を思わせるほど暑くなりそうだ。百歩くらい歩いて、サンはようやく森から出たのを感じた。サンは、さっきまでのことに気をとられていて、歩数をでたらめに数えていた。二人は、もう森を出て村へ向かう道にいた。アブラ草の匂いが、テツの畑の前にいることを知らせている。

テツが立ち止まった。サンの手に「待ってて」と打った。うつ向き加減でゆっくり歩いていたサンは、はっと顔を上げた。テツは黙ってサンの手を離し、森の繁みの方へ歩いて行ってしまった。いったいどうしたのだろう？　彼は、何かを見せたいのだろうか？　サンはちょっと心細くなった。

すぐに、ガサガサと草むらを引っかき回す音。そして、土の匂い。テツは、畑に穴を掘っているらしい。しばらくして、またガサガサいうと、テツの足音がやってきた。そして、サンの手をつかむと、「これ」と何かを手渡した。サンは、そのずっしりした手ごたえと、滑らかさに驚いた。

「君にあげる。僕にもよくわからないけど、たぶん昔の食べものだよ。たぶん……祖先たちの」

サンはあわてた。祖先たちだって？　祖先たちの食べもの！

彼は、右手に持った手のひらほどの大きさの筒を、ほほにあててみた。そのひんやりした感触に、思わず手が震えているのを感じた。が、それをテツに気どられまいと、身振りで言葉を伝えた。

「でも、どうして？」

「これは森で見つけたんだよ」

「森だって？」

サンは木々のざわめきの方を指さした。鳥が何かに驚いてギャァ、ギャァとけたたましく鳴きながら飛んで行った。やっぱり、と思った。テツは、森に入り、探検しているのだ。

テツがサンの上げている方の手をつかみ、おろさせた。そして、小声で言った。

「君は、友達だろ？　これは内緒にしていてほしいんだ」

彼は、もう一方の手をサンの手の上に重ねた。〝祖先たちの食べもの〟の重さに、テツの手の重みが加わった。

「これは、たぶん〝彼ら〟の作った入れもので、きっとこの中に彼らの食べものが入ってるんだと思う。森の中にはこんなのがまだまだたくさん隠されて残ってるんだ。とてつもなく大きいのもある。開ける方法はわからないけど、……中身をこわさないで開ける方法があるはずだよ。そうしたら、君に中身が何だか、食べられるものなのか、調べてもらいたいんだよ。君は鼻も耳も利く。僕にはわからなくても、君ならわかる。どう？　やってくれないか？」

サンは考えた。祖先たちの食べもの。テツがこれをどうやって手に入れたかは知らないが、とても貴重で、危険でもある。家には持ち帰れないし、もし誰かに知られたらまずいことになる。ジンや〝知恵の袋〟と言われるハク老にでも知れたらそれこそ大騒ぎになってしまう。サンは、この小さな得体の知れない食べもののために追放され、一人とぼとぼと自分を受け入れてくれる家か村を探して無人の野山を何日もさまよい歩く姿を想像してみた。頼りになる案内人のイシュリもなしに、そんなのは不可能だ。

サンは、五歩ほど歩いて茂みの縁まで行くと、しゃがみ込んだ。そして、手で土を掘った。小さな穴を掘ると、手に持っているものをそっと中に入れ、土をかけた。テツはしばらく黙っていたが、やがてやってきて、それを手伝った。彼はすぐに立ち上がった。ガサガサという音、そして何かを苦労して折るような音がした。やがて、テツがサンに手頃な木の枝を握らせた。それを二人で埋めた場所に深く突き立てた。サンが手を前に出すと、すぐにテツがその手に触れた。サンはテツの手を取ると、まだ土の付いた指でテツの掌に字を打った。

「君の考えはわかった。できる限り協力するよ。でも、危険だからここに隠す。彼らの食べものなら、埋めても平気だろ？」

サンの手にはすぐに応えが返った。

「わ・か・っ・た。あ・り・が・と・う」

テツはサンに両手で抱きつき、額をサンの額に付けた。お礼や、うれしい時の印だ。家族とは言うが、二人に血のつながりはない。ここには、本当の親兄弟もいれば、全く別の家系もいる。だが、みんな一つの家族として暮らしている。うれしい時や悲しい時、お互いにそうやって抱き合い、気持ちを表してきたのだ、子供の頃から。

アブラ草の強い匂い。だが、なぜかサンの心は晴れなかった。そっとテツから離れると、指でテツの掌を軽くたたいた。

「皆が起きて働き出すころだよ。ここにいるのを知られたくない。僕は家牛のことで、三時にフミと話さなければならないんだ」

しばらく間をおいたがテツが何も言わないので「今日はアブラ草の収穫はしないの？」と聞いた。

「今日？」

テツはちょっとゆっくりと言った。

「しないよ。もう花がそろったから刈りとった方がいいと思うけど、収穫の段取りは大人と老人たちが決めるだろ？　畑はみんなのものだから、その畑をまかされるって、とても名誉だと思う。でも……」。テツはいちど言葉を切り、また続けた。

「でも、規則や決まりでしばられるのは、本当に嫌だよ」

二人は犬と一緒に家へ向かった。

二

いつになく複雑な気持ちで、ハクは巣箱をながめていた。その蜜蜂《みつばち》はずいぶん苦労して飛んできたらしい。蜜蜂がよたよたと重い足どりで巣箱に到着した時、ハクは蜜蜂の長い後ろ足の花粉の袋の周りに、灰色のかたまりが付いているのを目ざとく見つけた。足にからみ着く細く強い糸。この蜂は、どこかでクモの巣にからみ、餌食になる前に逃げ出してきたに違いない。どこかに傷を負っていないかどうか、ハクはその雌蜂が巣箱の入り口から中に滑りこむまでじっと見守っていたが、蜂はいつもと変わりなくさっと巣に入って行った。

ハクは考えた。襲われたり傷を負ったりすることなど蜂にはあまり重要ではないのか。彼らの体は花粉と蜜を集めるためだけに存在し、機能的なその心はそもそも傷の痛みなど感じないのではなかろうか？

いや、それは違う。彼らも傷を負えば痛いはずだ。だが彼らはその種族全体に属することで、個々の痛みは消えてしまうのだ。それは、ハクが長年考えてきたことへの答えでもある。祖先たちは種族として英知を発展させた。彼らの知恵は広範囲で、我々には魔法としか思えないことも平然とやってのけた。それらは、伝承の中で生き残っている。巨大な建物、海の下に広がる洞窟、鳥のように空を飛ぶ機械、星々へ旅する船……。そして、彼らは自分たちの生命にまで手を加えた、と言い伝えられている。

ハクが自分の歳を考えると同時に、祭事の袋のことが思い浮かんだ。いつも母屋の壁に祭られてある、茶色の麻袋だ。中には小さな丸い石が入っている。八月末の祈年祭に石を使って新年の出来事を占うのだ。祈石《きせき》は、ハクが生まれた時からずっと父と母が、そして物心つくと自分で、祈年祭の時に新しい石を一つずつ加えてきたのだ。今年は五十一個目だ、とハクは考えた。五十一歳。この辺りでは、五十年以上生きるのはまれだ。家族もほかの村の知り合いも、これまでに次々と亡くなっていき、今ではハクがただ一人、長老として生き残っている。だが、言い伝えでは祖先たちは薬や縫い合わせなどの信じられない魔術で自分の命を延ばしていた、という。

祖先たちは、ほかにもたくさんの魔法を知っていた。若者がそれに興味を示すのも無理からぬことだ、と自分に言い聞かせた。若い頃、ハクも夢中になってその秘密を探ろうとしたものだ。だが、それに近付くたびに、ハクにはそれが幸せと同時に不幸をもたらすものだ、ということがわかってきた。長老となった今では、祖先たちに関わるほとんど総てを（その遺跡に近付くことすら）禁止し、禁を破った者には厳しい罰を科すまでになった。だが、禁ずれば禁ずるほど、それが強い反発となって返ってくるのを、老人は身を以《も》って知っている。もし家族の誰かが祖先たちの秘密をこっそりと持ち込んでしまったら？　一度彼らの魔法に取りつかれたら、たちまち家族全体が恐ろしい目に遭うかもしれないのだ。

　皮肉なものだ、とハクはつぶやいた。昔は胸弾ませて探し求めたことを、今は禁止しなくてはならないのか。だが、このところ若い者の行動にも注意が行き届かなくなり、不審な行いもささやかれている。家長として、断固とした態度をとらなければほかの者に対して示しがつかなくなってきた。しかし……と、ハク老は深いため息とともに、暗い気持ちをかなぐり捨てた。今日はめでたい日なのだ。娘のトキが、嫁入りする。昨朝早くに隣の村に向けて出発した一行は、まる一日半歩いて今日の夕方には向こうに着くはずだ。案内のイシュリは頼れる。恐ろしい森の中でも、迷わずに彼らは無事に婿の元へ着けるだろう。

老人は目を閉じ、娘の姿を思い描いた。滑らかな絹糸で織られた衣裳に身を包まれた、簡素だが美しい花嫁姿は、老人の夢の中に何度も現れた。娘が今日、嫁いで行く。ハク老は、そのうれしさとも悲しさとも思える気持ちをかみしめていた。

サンたちが家へ向かうでこぼこの狭い道を下って行く頃には、朝はすっかり明け、日差しも強くなっていた。一番鶏が鳴いて夜が明けるのが四時。今この時期に木々の間から陽の光が差すのを感じるのだから、もう六時をまわっているはずだ。近くでジージーがうるさく鳴いている。夜明け前から鳴き始め、もう大合唱になっている。いつもは森の中で鳴くのだが、こんな近くで鳴かれると一匹でも大きな声だ。

テツは黙って歩いている。また森のことを考えているのだろうか？　それとも、老人たちのこと？　サンは、彼が決まりやしきたりにうるさい老人たちに不満を持っているのを日頃本人からよく聞かされていた。サン自身はといえば、どんな人ともうまくやっていけると思っている。森や禁断の食べものへの執着は、そういったテツの不満から出てきたことなのだろうか？　だが、テツに話しかけても、何か考えているらしく、返事はない。仕方なくサンはテツの肩に手を置き、テツのすぐ後ろからついて歩くだけだった。家の近くまでくると、テツが立ち止まった。サンは、テツのいる方へ顔を上げた。テツがサンの手を取って言った。

「家のすぐ近くへきた。僕はちょっと用を思い出したから、ここで別れよう」

そう言うとテツは手を離し、今歩いてきた方へ戻ろうとした。畑の方——いや、森の方にだ。サンはあわてて、手を上げてテツに呼びかけた。すぐにテツがサンの手に触れた。

「今夜の会合で、僕と一緒に座らないか?」

テツはちょっと考えたようだったが、やがて、

「うん……そうだな。ちょっと用があって遅れるかもしれないけど、もし間に合ったら君の隣にぜひ座りたい」

「テツ、キ・ケ・ン・なことは、や・め・ろ・よ」

ちょっと間を置いてサンの掌には「あ・り・が・と・う」の打ち文字。

サンはそれ以上彼を詮索するのはやめた。自分には、自分の仕事がある。家まではまだゆるやかな下り坂が続くが、すぐにでこぼこの坂が終わって草のない、よくならされた道

に変わるはずだ。そこからは、もう家の庭だ。彼はテッに小さく手を振って別れると坂を下り、道の左手にある杭《くい》を確かめた。杭は木を切って作った柵に続き、家に入るときには結構な案内になる。最初の杭を過ぎれば家までずっと続く柵の向こうには牧草地が広がる。サンは柵の上に張ってある案内綱を頼って家までゆっくりと歩いて行った。この綱は時々切れる。たるみを取るために、十本以上の杭に結んであるので、それが切れたりほどけたりしていないかを確認するのは、ずっとサンの仕事だった。途中、井戸を通り、綱は途切れることなく彼を家の裏の入り口まで案内してくれた。家のすぐ近くでは綱に付いた鈴が鳴る。カランという音がするとすぐ、サンは綱から手を離して静かに家に帰った。

サンは家の中の様子をうかがった。もうみんな起きている。外にいても、家の中の息吹が感じられた。何かが動く気配。裏木戸が開き、誰かが出てきた。

ユウだ。彼女の髪のかすかな香りから、サンは判断した。

「おはよう」

ユウに声をかけると、元気な声が帰ってきた。

「サン、おはよう」

彼女はいつも起きるとすぐに井戸に水をくみに行く。家の瓶をいっぱいにするまで。それが彼女の朝の仕事だ。彼女は髪に何か良い香りのする花をつけている。それが何か、いつも気にしているのだが、サンにはわからなかった。本人に聞いても、笑うだけで教えてくれない。触らせてもくれないのだ。

「物知りのあんたにも、一つくらいわからない物があっていいじゃないの」

それがユウの答えだった。

彼はユウの出て行った後、裏から家に入った。家の中は音でいっぱいだ。嗅ぎなれた匂いも。

サンはまっすぐ進んだ。家の中央まで十二歩。そこに柱がある。柱に触れると、「おはよう、サン」という少女の声。

いつも早起きのユウの娘のランだ。何かがサンの足元をすり抜けて行った。娘の飼っている耳の長い猫だろう。

「ラン？　おはよう。あ、そうだ、ハク爺はどこにいる？」

「お爺は、外」

また蜂の所にいるのだろうか。

「それから、シュウはもう起きてる?」

「起きてる」

「ありがとう。今度、おいしい木の実を採ってきてあげるよ」

最後の方はランのそばでヒソヒソ声だった。ランもそれを察して小声で「うん。内緒ね。朝、揺れたね?」

「ああ、揺れて、怖かった?」

ランは質問が理解できなかったらしく、「後で木の実ね?」

サンはうなずくとまた歩数を数えて歩き出した。まっすぐ行くと表戸だ。もうみんな起き始めていて、あちこちからサンに「おはよう」の声がかかる。そのたびに彼は「おはよう」とあいさつした。サンはシュウを探し、ハクの所へ行く気はないか、と尋ねた。

シュウは快くサンの誘いに乗り、二人は家を出て、ハクを探しに行った。

離れの小屋でサンはハク老と家牛のことについて話し、知恵を借りたい、と頼んだ。老人は機嫌良さそうに声をはずませてサンに答え、家牛の病気のこと、雌牛の出産のことについて語った。話が終わりそうになるのを察して、それまで黙っていたシュウが話を引き継いだ。彼は、いつものように老人の自慢の蜜蜂を誉《ほ》め、おいしい蜂蜜を味わう算段に出た。シュウは、はじめからこれが狙いだったのだ。蜜蜂のことになると、老人は話題が尽きなかった。蜜蜂の話をたっぷり聞かされて、季節のこと、蜜蜂の好きな花の種類など、若者たちはじっくり講釈を聞いた後、やっと解放された。ハクは自分の話を最後まで辛抱強く聞いたご褒美《ほうび》として、二人に蜂蜜をひとなめ味わわせてくれた。

その日は一日ずっと、おだやかだった。風は夕方には強い西風に変わり、木々を激しくゆすっている。昼前にフミと話した後は、サンは牛の世話をして過ごした。やがて、夕食の時になったが、テツが帰ってこない。夕食はみんなが揃って食べるのが慣わしだ。テツがあまりに遅いと、みんなで手分けして探しに行くことになる。サンは、そうならないことを願い、朝テツと別れた斜面まで行って彼を待った。朝のテツの様子から、彼のことがすごく心配だった。だから、テツの急ぐ足音が荒れ狂う風の音と夜の獣の叫びに混じって聞こえてきたときには本当にほっと胸をなでおろした。

サンがテツに、「心配したよ、こんなに遅くまでどこにいたの？」と尋ねてもテツは「ごめん、新しい畑を作っていて遅れたんだ」とだけ答えた。その後、彼はハク老に呼ばれてこってりしぼられたようだった。凪はようやく弱まってきた。遠くで獣が吠えていた。

みんなが揃った夕食の後は、嫁入りしたトキの話題で持ちきりだった。みんなは天井から吊るされた灯火を囲み、輪になって座って手をつなぐ。昨日と同じでサンの右にはミチが座った。左には約束通りテツが座ったが、彼は食事の後でまたしばらくどこかへ行っていたらしい。そして、会合の始まる間際になって現れ、ようやく輪に入った。彼は落ち着きを装っていたが、少し息を弾ませていることはサンにはすぐわかった。

皆が揃うと中央にジンが招かれた。家族の者一人一人が今日の仕事の様子や出来具合を言うと、ジンがそれをさまざまな手段で家族全員に伝えた。大人は真剣に、子供たちはうっとりとジンの言葉を、仕草を、受け取った。新しくこの家にやって来た者は、この時に家の言葉を教えてもらう。昔テツはサンから、家や生活していた地域での微妙な言葉の違いを身振り、手振り、口話《こうわ》や打ち文字などを使って教えてもらったものだ。

家の中の些細なことから、井戸のつるべが古くなってきて取り替えの時期がきていること、流しの排水路が途中で詰まってあふれたこと、よどみにボウフラがたくさん湧いてしまったことなどが話された。やがて順番がサンに回ってきた。彼は案内綱の鈴の数を一つから二つに増やしたいことと、家牛の具合が悪くて今年は小牛の出産は望み薄であることなどを伝えた。鈴の件は、みんなが賛成した。それを受けて猟番のケンが腕をふるって新しい鈴を作ってくれることになった。牛の話は家族全員をがっかりさせた。家牛は野生の牛を何代も前、大変な苦労をしてつかまえて家畜にしたものだ。野生の牛と違ってとてもおとなしいが、あきれるほど病気に弱い。今年、サンは何とか親牛に子牛を生ませようとしたが、ダメだった。今、みんなにそれを伝えると、口々からため息がもれた。

「野牛を捕まえて、家牛とつがいにすればいい」

誰かが言った。あの低い声はヒロだ。

「そうすれば、病気に強い牛が生まれる」

すると、輪の反対側から短い合図。隣のミチが、「リュウが手を上げた」と言った。中央のジンが、リュウの言葉をみんなに伝えた。サンは、隣のテツの掌に、ジンの（リュウの）言葉を打った。

祖先たちの繁栄の時代が過ぎ去り、もう長い月日が経っていた。世界は大きく変わり、そこに残された人々は力を合わせ、生きようとしていた。お互いがそれぞれを補い、助け合う世界だ。他の星へ移住しようとするまでになっていた祖先たちだが、その力も知恵も総てが失われてしまっていた。

「野牛をどうやって捕まえるのか？　村がいくつも集まって囲わなければ、危険な野牛はつかまえられない」

合図の口笛があちこちから飛んだ。みんなが一斉に手を上げているのだ。ジンが伝える者の順番を決めた。

「野牛狩りは嫌だ」

「危険すぎるし、ほかの村の協力を頼むのも大変な苦労だ。それにキバが」

輪の中にざわめきが走った。キバと聞いて、体を固くした者が何人かいた。ケンも、その一人だった。サンは急に、サブとトキ、イシュリの一行が心配になった。

「でも、子牛は家に必要よ。ここ何年も子牛がいないわ」

「そうだ、乳も糞も、大切な財産だ」

テツが、サンの掌に「僕の番だ」と打った。ジンがテツを指名したのだ。サンは、テツの打つ文字を一言ずつ、言葉に変えてジンに伝えた。

「子牛が欲しいなら、それを手に入れる方法を僕は知っている」

テツはそこでしばらく間を置いた。おそらく聞いている者が理解するのを待っていたのだろう。そして続けた。「祖先たちだ。祖先たちに聞けばいい」。サンはテツの言葉を疑った。言葉を伝えるのがためらわれたが、〝全てを受け、全てを伝える〟という補助人の決まりを破る訳にはいかない。ジンもきっと驚いているはずだ。伝え終わると、輪は静まり返った。

「テツ、君は何を知っているのかね?」。ハクだ。ハク老が、テツに尋ねた。サンは、テツの掌にハクの質問を打った。テツは質問に指で答えることはせず、自分の言葉で伝えた。

「昔、祖先たちは、いろいろなものを自分の都合の良いように作り変えて暮らしていた。さまざまな材料を土から掘り出し、全く別の物を作り出した。彼らに作れない物はなかった、と僕は考えている。彼らは、自分自身を含む生き物にも手を加えた。鳥や魚や犬、猫、そして牛や羊にも。僕は、今の野牛は祖先たちの作り出した生き物じゃないか、と思っている。彼らが野牛を作ったんだ。作り出した最初の頃は、きっと子猫みたいにおとなしかったんだよ。そして、それをたくさん増やしたんだ」

みんな何も言わない。家の禁を破るような話の内容に、固唾《かたず》を飲んでいるのだ。テツはそこで疲れたらしく、あとはサンの手に打ち文字で続けた。

「家牛も、もともと祖先たちの作り出した生き物なんだ。だから……」

サンはあわててテツの言葉を伝えた。

「もうよい」と、ハクが、サンを（テツを）さえぎった。

「テツ、お前の言いたいことはわかった。サン、ありがとう。補助人は、各々の務めを果たした。そしてさらにこれからも」

長老は、息苦しそうに二、三度短く呼吸すると、静かに長く息を吐いた。そして言った。

「わが家には、たくさんの大人と、子供がおる。大人は働き、子供はそれを助ける。皆が各々に務めを果たし、各々に収穫をもたらす。収穫は、地の恵みだ。わしらがどうしようと、地には逆らえない。子牛の話は残念だが、今回はあきらめたらどうか。今ある物を大切にし、ないものははじめからないのだ。地が育む恵みを、大切にもらい受けようではないか。今年子牛が生まれなくても、やがてまた恵みの年はやってくる。牛は貴重だが、頬張るべき草果は野にあふれておるではないか。家牛のことは、今朝サンから相談を受けた。わしも前から気にはなっていたが、牛のことだ、わしらにどうしようもないことだってある。どうにもならないことを無理にやろう、などと考えてはならん。分を越えれば、罰を受けることになる。それは、みんなもよく知っているはずだ」。老人はここで一息入れた。そして、テツに呼びかけた。

「テツ、家のみんなのためを思うお前の気持ちはわかる。だが……だが、それにおぼれるのはよくない。ここにいる者は、みんな協力し合って生きている。一本の綱をより合い、一切れの布を分け合うように。だが、それは家の決まりを守ってのことだ。行き過ぎれば、みんなが不幸になる。それを、よくわきまえておくように」

ハク老の言葉の後、みんな何か言いたげな雰囲気だったが、誰も何も言わなかった。サンには、テツが拳を強く握りしめているのがわかった。

牛の話はそこで終わり、その後は日常の話し合いがしばらく続いた。サンは話に加わりながらもテツのことが気になったが、テツは黙っているだけだった。話し合いの後は、いよいよ会得《えとく》の時だ。みんなはこれを楽しみにしている。伝達者を囲み、さまざまな物語が語られるのだ。いつもなら、話し手は主に森番のイシュリや猟番のケンなどの、特殊な面白い経験や体験の持ち主なのだが、今日は違っていた。昨日と同じに、伝達者ジンがぜひ語り手に、と頼まれた。ジンは、家ではハクに次いで高齢なのだが、ハクと同じように祖先からの伝承を受けついでいる。祖先たちは、彼らにとって時には神であり、また時に悪夢の一端でもあった。彼らは想像をこえる力を持ちながら、ある日一夜にして突然滅んでしまった。祖先たちの不思議な行動の数々は、今も遺跡や、伝承の中で生きている。だが、その多くを知ることは許されない。知れば、また同じ過ちをくり返すから、とハクは伝えた。それは、祖先たちが滅んだ後に生き残った、ほんのわずかな後裔《こうえい》の、堅い戒《いまし》めなのだろうか…。

三

たとえみんなから頼まれても、ジンがはっきりそれを断るだろう、とサンは思った。さっきの話し合いの成り行きからも、ハク爺がそれを許してくれるはずはない。それにしても、昨日あんなにがっかりしたのに、懲《こ》りずにまたそれを頼むとはみんなも物好きだ。だが、こと祖先たちの話になるとみんなはっきり興奮する。サン自身にしても、なぜか心惹かれるものがあるのを感じるのだ。いったいどうしてなのだろう。

サンの予想とは裏腹《うらはら》に、ジンは祖先たちの話をすることを承知した。みんなが驚いたことに、いつもはこの時になると自分の寝床に行き、真っ先に寝てしまうハクが、どうした訳か今日は会得の輪に残った。みんなは、大喜びだった。ハクまでが輪に加わったならば、きっとすごく面白い話になるはずだ。

だが、テツだけは沈んでいた。彼は、サンが呼びかけても、曖昧《あいまい》な返事しかしなかった。今朝と同じように、何か一心に考え込んでいるようだとサンは思った。ひょっとして、嫁に行ったトキを心配しているのか……？　トキが嫁に行くのを、テツはとても喜んでいた。トキはハクの娘だが、それを鼻にかけて威張《いば》ることなど全くない、気だてのやさしい娘だった。同じ年頃だったせいもあるが、身寄りのない自分たち（サンとテツ）を実の兄弟のように慕ってくれた。サンとトキ、ミチ、テツ、シュウそしてイシュリの息子サブは、同じ年頃の遊び仲間だった。ミチはどちらかと言えば世話やきのお姉さん、というところだが、トキはちょっと頼りない妹、と言った感じだ。彼女は特にテツと気が合うようで、何かとテツに相談を持ちかけた。隣村との縁談が持ち上がった時も、真っ先にテツに知らせたほどだった。テツはそれを親身になって考え、縁談がうまくまとまるようにトキを励ましていた。テツは、嫁に行ったトキの身を案じているのだろうか。

吊るされた灯火がジジ……と燃えるなか、輪の中心のジンが語りはじめた。みんなに、それぞれ好きな飲み物の入った器が配られた。ハクは、いつも通り香りの良い茶を頼んだ。サンは、昨日のこともあり、運び手に羊の乳を頼んだ。運び手はユウとランで、サンに乳を手渡したのはランだった。飲み物のほかに、トゲの干物も配られた。トゲは水に棲《す》む大型のとかげで、肉はとびきりおいしい。トゲの干物はサンの大好物だった。テツは飲み物は断わり、無言でトゲを受け取った。伝達者は、昨夜の内容をまず簡単にかいつまんで伝えた。特に、祖先たちがこの地上あらゆる所で繁栄し、すべての場所を知り尽くし、鉄の乗り物を走らせ、巨大な鳥を作って空に打ち上げた、という途方もないくだりはみんなに頼まれて何回も繰りかえし伝えた。いつもはタブーだが、今日はハク老直々のお許しが出ているのだ。みんな、ジンの伝える内容に酔いしれ、星々に自由に行き来していた祖先たちの姿を思い描いた。はじめはあまり乗り気でなかったテツも、ここではサンにいくつか質問をしてくれるように頼んだ。質問や意見は伝達者が一息いれた時だけ許される。ジンが一呼吸おいた時、サンの手にトトト、という三度の短い合図。サンはテツの質問の意志を受けると、鋭く口笛を吹いた。ジンが、サンを（テツを）指名した。サンは、テツの質問を伝えた。

「僕はテツ。さっきの、空を行く鉄の鳥のことを、もう少しくわしく知りたい」

ジンは、さっそく語った。鳥の大きさ、重さ、そしてその姿について。鳥はこの家を百合わせたより大きく、みんなが飼っている家牛全部の重さなど遥かに及ばないくらい重かった。それは巨大な輝く鳥の姿で、一度も羽ばたかずに空に昇ったという。テツが、どうやって羽ばたかずに飛ぶのかと聞くと、ジンはその鳥は尻と羽根から火を吹き、そのすさまじい熱で空を溶かして風を呼び、低く下げた頭で空を切り裂いて天高く舞い上がるのだ、と答えた。テツはそれ以上質問しなかったから、その答えにすっかり満足したのかもしれない。

質問の後、ジンはまた話を続けた。それが祖先たちの日常生活のことになると、女人たちの質問が急に増えた。彼らの姿、着ていた物、そして住処《すみか》など、大まかに伝えられた。彼らの家には、遠く離れたどこへでも気持ちが伝えられる、そして誰とでも自由に会うことのできる小さなかごがあった、というくだりでは、たくさんの質問責めにあってジンも答えに困っている様子だった。ひそひそ話の間から、「あたしはそんな物いらないよ、隣村の従姉妹《いとこ》に会いたきゃ自分の力で行くさ」という、ユウの声が聞こえてきた時には、サンもにっこりした。

「祖先たちの食事の輪には、世界中のありとあらゆる食べ物があふれていた」

ジンは、その食べ物をいくつか伝えた。中にはサンにはまったく見当もつかないものもあったが、ほとんどは草の実や魚や獣の肉など、家でサンがよく口にするものだった。みんなはその種類の多さには驚いたが、それにも増してジンの記憶の力には感嘆した。ここで、サンの右隣のミチが口笛を吹いた。その時、サンは一心にトゲをむしっていた。彼女は「彼らの食べ物を、もっと知りたい」と尋ねた。ジンは、さらにいくつもの、知る限りの食べ物をあげた。すると、今度はヒデが質問した。なぜ、そんなに数多くのものを欲しがったか、というヒデの質問に対して、ジンは「彼らは、ひとつの物では満足せず、ひとつの物をいくつにも作り直し、その変化を楽しんだのだ」と答えた。それは、サンには理解できなかった。サンだけでなく、家のほとんどの者が、首をかしげた。「作り直す、変化、とはどういうことか」というリュウの質問に、ジンはとうとう答えられなくなった。みんながてんでにひそひそ話をはじめた。困りはてているジンをかばって、ハク老が口笛を吹いた。ハクは、まず質問したリュウを誉《ほ》め、ジンをやりこめるとは大したものだ、と伝えた。次に、ジンを誉めた。ジンは、自分で知るものは何一つおろそかにせず伝えたから。

「祖先たちはすべてにおいて我々の理解を越えていたのだ。だが……」

ハクはそう言うと、ちょっとつらそうにせき払いをして一息置いた。何も質問や意見は出ない。ハクは続けた。

「彼らは休みなく考え、物を作り続けた。それはなぜか？」

ハクの質問に、答えは返ってこなかった。ハク老の伝えるすべてを、ジンがみんなに伝えているはずだ。老人は続けた。

「それは、彼らが我々より優れていたからではなく、常に何かを恐れていたからなのだ」

ここで、サンの真向かいから手を打ち鳴らす音。ジンは、リンを指名した。指名の後、ちょっと間があって、おずおずとリンがケンの意見を伝え始めた。

「私はケン。お爺に尋ねます。その、祖先たちは……何でもできたんじゃないですか？ 私たちのできないことも。彼らが……何かを恐れるなんて、ないと思います」

ケンは、本名はケネフという猟番の青年だ。かなり遠い山間《やまあい》の村育ちで、三年ほど前、何人かの村人を襲った一頭の剣歯獣を追って父親と一緒にこの家の近くまでやってきた。村で剣歯獣に襲われ、命を失った中には、彼の母親もいた。彼ら親子は剣歯獣を追いつめたが逆に反撃に遭ったのだ。後でわかったことだが、彼らを含むたくさんの村人を襲ったのは、この家で〝キバ〟と呼ばれ、恐れられている巨大な剣歯獣だった。キバは獲物の喉を狙う。ケンは喉に食らいつかれ手に持っていた短剣を無我夢中で振り回し、逃れることができたが声を失ったのだ。

大けがをして倒れているケンを沢で見つけたのはリンだった。ケンの父親はリンたちの手当ての甲斐もなく間もなく死んだが、ケンは奇跡的に助かった。それが、出会いのきっかけだった。両親を殺された彼は猟番としてこの家に残りたい、と決心を伝えた。イシュリはそれまで森番と猟番の両方を兼ねていたが、快く猟番から身を引いた。率直でかざらない性格のケンは、すぐ家の者に信頼されるようになった。それを何よりいちばん喜んだのはリンだった。サンもハクも、リンがケンに想いを寄せているのを知っている。ケンも、彼女に感謝の気持ちを絶やさない。だが家族同士の結婚は絶対に認められない。それは、たとえ血がつながっていてもいなくても同じだ。だから、もし二人の思いがそれほど強ければ、家族を離れなくてはならない。ケンはもといた村に帰りたがらないだろう。そうなれば、たとえ受け入れてもらえる別の村や家族があったにしても、二人にとり厳しい出発となる。

それに……とハクは考えた。それに、ケンのような優秀な猟師を失うのは、なんとしても避けたい。彼は、猟の腕だけでなく、火薬を扱わせても鍛冶師としても、もうこの家になくてはならない存在なのだ。れに、火薬の技術などは、イシュリをさえ淩《しの》ぐほどだ。それおごらず森番のイシュリをまるで神様のように尊敬している。ハクはこの屈託のない青年が大好きだった。リンは、縫い物の上手な明るい働き者で、みんなから愛されている。家のみんなにしても、若い二人が互いに想いを寄せ合うのは当然だ、と思うだろう。だとしても、家族の掟《おきて》を変えることはできない。何か良い案はないものか？　いよいよ決断せねばならないな、と老人は思った。みんなは、ハクが考えている間、じっと待っていた。老人は、みんなに心を移した。祖先に想いをはせるのは、ケンやリンだけではない。老人の答えを、息をのんで今か今かと期待しているのだ。家族みんなのそういう気持ちを感じて、ハクは伝えた。

「彼らには、魔法のような力があった。彼ら自身は、その力を〝知恵〟と呼んでいた。彼らはその力を使い、地を変え森を変え、この世界をすべて思うがままに変えられると信じていた」

ひと呼吸入れると、ユウがたずねた。

「祖先たちは、その力でこの世を変えたんでしょ？　あたしはそう覚えているけど」

老人は、しばらく黙っていた。そうして別の質問がないかどうか確かめると、また伝えはじめた。

「彼らはこの世を変えた。彼らの思うままに、地に穴を掘り、鉄の家を作り、鉄の橋を渡した。地の底から湧き出る油を固めて船を作り、海や空に浮かべたのも本当だ。家や食べもの、生活のすべて、みんなの知る通りに」

彼はここで言葉を切り、すぐに続けた。

「だがそれは、彼らが好きこのんでやったことではない。彼らは、そうせずにはおれなかったのだ」

質問はない。老人は続けた。

「虎は、牙を持つ。熊も、猫も、鋭い爪を持つ。それで敵と闘い、獲物を狩る。では、祖先たちはどんな牙を持っていたのか……サン、わかるかね？」

サンは隣のテツがさっきから反応しないのに気づいていた。きっとうつらうつらしているのだろう、起こそうかどうしようか、などと思っていた矢先で、突然ハクから質問されて驚いてしまった。すっかりうろたえているサンに、右隣のミチが打ち文字でハクの質問を繰り返した。祖先たちの牙……とっさに、サンは思いつきで答えた。

「知恵……だと思います」

「うむ」

老人の声には、満足げな響きがあった。

「その通り。我々の祖先たちは、〝知恵〟という牙で獲物を狩り、同時に身をも守ったのだ。それがいったい何を意味するか、わかる者はおらんか」

誰も答えない。さっきのはまぐれ当たりだ。今度のは当てずっぽうは効かないぞ。サンはまた当てられないかと冷や冷やしたが、取り越し苦労だった。老人は一呼吸置いて続けた。「彼らは恐れていた。我々も、決して何も恐れるもののないほどは強くはない。だが、それ以上に、我々の祖先たちはその力にもかかわらず、この世界そのものを恐れていた」。

ハクの伝える内容は、衝撃だった。祖先たちの知識を得るのはおろか、ふだんそれを口にすることさえはばかられているのに。だが、それは彼らが嫌われていた、ということではない。その逆に、祖先たちを尊敬し、憧《あこが》れていたからだ。だから、会得の輪の人々は心から驚きながらも興味津々でハクの次の言葉を待った。

「それだけではない」

　老人は伝えた。

「彼らは、彼ら自身のために、特別な世界を作った。それは心地よい、彼らだけが住める世界だ。だが、その世界は、安らぎのない、間違った世界だ。その世界に、彼ら自身も滅ぼされてしまったのだ」

　みんなは黙りこんだ。

「上の山中の、穴蔵《あなぐら》を知っておるだろう。彼らの通り道で、巨大な機械を使って作ったものらしい。だがみなが知る通り、あれは途中で崩れ、向こう側へは行けない。わしらの力では、崩れた岩を動かすこともできん。彼らもその昔、機械を使わずに穴を掘っていたらしいのだが、その方法、技術はすべて我々に伝えられなかった。いや、というより彼らはそもそもその技術を捨ててしまったらしい――つまり、彼らはその知恵を我々のために残してくれるつもりなどなかった、ということなのだ」

　息をするのもはばかられるような沈黙。リュウが、それを破った。リュウは、〝家の顔〟ともいえる存在で、ほかの家や村とのつき合いや交渉にはいつもこの家の代表として出向

ある。ふだんは穏健《おんけん》でさせることもある。さりの考えを身振り、手振り

いていく。もう三十歳をこえ、しっかりした考えを持ち、説得力もある。ふだんは穏健《おんけん》で
ハクやジンともとても仲が良いが、時々鋭い意見でみんなをハッとさせることもある。さ
っき質問でジンを困らせたのも、リュウだった。ジンは、リュウの考えを身振り、手振り
をまじえて伝えた。

「私はリュウ。ハク爺、私はお爺が昔、祖先たちのことをとても熱心に調べていたのを知っている。ご自分で危険を冒して森に入り、祖先たちの遺跡をお調べになった。森で猪《いのしし》に襲われ、大怪我をしてもなお、私たちのために祖先を訪ねるのを止めなかったことは、子供ながらその勇気に感動した。お爺は、そうやっていくつかの〝祖先たちの恵み〟を我々にもたらした。みんなも知るように、なくなりかけたグラの入れ物を掘り出してたくさん手に入れてくれたのはお爺だ。まだほかにも、刃物や鉄の板や金ひもなども、命がけで見つけてくれた。我々はお爺に感謝し、祖先たちの恵みをありがたく受けとっている。それには、の〝書き記し〟が理解できるのも、我が家ではお爺だけだ。それには、祖先たちの生活ばかりではなく、彼らがいかに疫病や災害から逃れたか、その術についても記されているという噂がある」

リュウはここでいったん切って、続けた。

「お爺、もしその噂が本当なら、お爺は祖先たちをそんなに嫌わずに、そうした〝恵み〟を我々にも分けて下さってもよいのではないか」

サンは、ハクがサンやテツのようにまだ若くて元気だった頃、無類の冒険好きで祖先たちの遺跡によく出かけた、ということを噂で知っていた。ハクは、家長として申し分ない人物だ。長生きで、広い心と知識を持ち、家のみんなから頼られ、慕われている。みんなが気持ちよく協力していけるのにも、ハクの力量が大きく貢献していた。だからこそ、リュウの意見はみんなの心を表すものだった。なぜお爺はあんなに〝彼ら〟を嫌うのだろう。リュウが伝えたように、祖先たちの遺物の中には今でも重宝する物があり、その多くは遺跡の奥深くで眠っているそうだ。それらのいくつかでも家に持ち帰ることができたなら、暮らしはもっとずっと楽に、さらに豊かになるはずだ。老人たちは、家のみんなにせがまれると少しずつ祖先たちの様子を教えたが、サンの知る限りジンやハクがそれについてかつてこれほどみんなに伝えた記憶はない。二人は、明らかに意識してそれを避けてきたのだ。特にハクは、サンたちがまだ幼い頃に遺跡に近づくのを禁止してからはかたくなに祖先たちに関して沈黙を守ってきた。今日は、それが破られ、いよいよ本当のことが伝えられるのだろうか？

サンもみんなも、期待に胸を弾ませた。ただテツだけは、さっきから何の反応もしない。疲れたのか、眠っているらしい。リュウは、ハクの答えをしばらく待ったが、ハクは考え込んでいるらしく何も言わなかった。リュウがさらに続けた。

「祖先たちの魔法の中には、疫病を治すものや、命を伸ばすものもあると言われている。それらを、私たちも知りたい」

みんなが、あちこちでささやき始めた。

酒は飲んでないのにみんなの熱の入った雰囲気に飲まれてすっかり酔った気分のサンに、昔の思い出が甦《よみがえ》った。前に疫病が流行《はや》ったのはサンがまだ子供の頃だった。疫病や災害は嵐のように容赦《ようしゃ》なく襲ってくる。サンとテツは、それぞれ遠い西の村と、南の、祖先たちの遺跡を越えた川岸の村から〝もらい子〟としてきた。どの村や家でも、親兄弟、姉妹を失った子供や、子を亡くした親がたくさん出た。サンが来たのは、この家が病気に見舞われた後のことだ。テツは、さらにそれからずっと後になってこの家にやってきた。

「死からのがれた者は、助け合い、力を合わせて生きなくてはならない」

みんなを励ますハクの、力強い叫びが今でも響いてくるようだ。肥沃《ひよく》な土地、動植物がいっぱいの野や川。この家は地形的に恵まれ、それゆえ食べ物も豊富にあった。幸いにも災害や病気の被害からもかなり早く立ち直ることができた。家の人々は誰彼の区別なく家族の一員としてサンとテツに接したが、それは間違いなくハクの度量の大きさによるものだった。そのために、誰もが伸び伸びと毎日を過ごした。歳も境遇も同じようなサンとテツは、すぐに親友になった。

サンはよく、テツと一緒に〝高道〟を探検に行った。丘をちょっと下った辺りからそれは始まり、〝祖先たちの森〟に続く。森に入ることを許されている森番のイシュリは、その高道が祖先たちの遺跡の中を抜けてさらに別の遺跡まで延々と続いているらしい、これを使って昔、彼らが大きな鉄の乗り物で世界中を素速く移動したのだ、と教えてくれた。イシュリの首には喉仏《のどぼとけ》の辺りに大きな傷があった。幼い頃、父親とともに森を行く途中、剣歯獣に襲われたのだ。父親は剣歯獣を仕留めたが、その時に負った傷がもとで命を落とした。イシュリは父を助けようとして瀕死《ひんし》の剣歯獣の巨大な爪にかかり、声を失ったのだ。

傷は深かったが、イシュリは生き延びた。今では森番として父の跡を継ぎ、息子のサブが補助人としてイシュリの言葉をみんなに伝えている。「高道の大部分は壊れて崩れている。だが、所どころ昔のままの姿を残している部分がある。それが、どこまで続くかわからないが、ずっと遠くまで伸びている」。イシュリは今、サブとトキを連れて隣村に向かっている。彼らは高道のそばを通ったはずだ。祖先たちを恐れる者の中には、その住処から、高道を通って様々な疫病が沸き上がる、という者もいるのだ。

噂では、遺跡には近づきがたい威圧感があるという。そればかりでなく、遺跡から吹く風が渦を巻いて空に昇り、大嵐を引き起こすという噂さえ、何度か伝えられている。確かに、風の強い日には高道が不気味な音をたてて震えることがよくあるのだから。それを思い出して、サンは思わずゾクッと震えた。遺跡の奥深くには、家の者の想像を越えた本当に恐ろしいものがあふれているのかもしれない。たとえリュウの考え通り病気を治したり災害から身を守る魔法があったにしろ、誰がそれを探しに行くのだろう?

サンはいろいろあれこれと考えていたが、ハッと我に返った。ハクが、ふうーっと息を吐き出し、ため息をついた。みんなが静まった。やっとハクが答えるのだろう。だが、なぜかそこにはさっきと違う緊張感が漂っていた。

「よかろう」と、老人は伝えた。

「祖先たちの多くを知ることは、ずっと昔、わしが禁じた」。老人は語った。

「あの時、家のみんながわしに賛成してくれた。今でも、判断に間違いはなかったと信じている。だが、みんながそれほどまでに彼らに関わる多くを知りたいと望むのなら、伝えよう……わしの知る限り」

ハクはしばらく間を置いた。みんなに異論のないことを確かめると、彼は語り始めた。

四

その日の日没前、イシュリたちは森を抜けようとしていた。イシュリは、前の様子を窺いながら、後ろを進むサブにチラッと目をやった。彼は、息子を二人、狩りと、ほかの集落への旅の途中で亡くしている。家は四方を森に囲まれている。ほかの村への伝達は、どうしても森を抜けなくてはならない。森は常に危険がつきまとう。だがそれを知り、それから逃れるのは、森番としての彼の務めなのだ。今回、森での経験の浅い女と子供を連れての旅は、予想どおり大変だった。トキと、三男のサブは長旅に慣れていない。二人とも顔に出さないが、緊張し、疲れているはずだ。それに、森が騒がしい。どうもいやな予感がする。イシュリは、自分の予感が〝胸騒ぎ〟の形で現れるのを知っていた。それがまた、よく当たるのだ。この旅は、つらい旅になるかもしれない。それに、行程が予定よりかなり遅れている。予感が本当なら先を急がなくてはならない、と彼は思い、息子のサブをまたちらりと見た。気の休まる暇のない森での旅にかなり苦労しているが、サブは思ったより弱音を吐かない。こいつはまだ大丈夫そうだ。

二頭の剣歯獣は〝それ〟を追っていた。においは確かに〝奴ら〟のものだ。においの強い草や糞《ふん》のある所を通って巧みに姿を消そうとしているが、その独特の体臭はごまかせない。森に住み、木の枝や蔓《つる》を使って行動する猿とは違って、侵入者のにおいは簡単に消せるものではない。足跡には奴らが足につけるおかしな草のにおいもはっきりと混ざっている。それに、火のにおいも。やすやすとそれが昨日から追っている小さな群れだと判断した彼女は、後ろにいる雄に前足で土をサザッと蹴って合図を送り、周囲をうかがった。ほかの〝狩人〟の縄張りを示す印はない。彼女の予想では、追っている群れは海に近いもっと大きな集団の住処に向かっている。獲物を捕獲したければ、その群れが森を出る前に襲わなくてはならない。奴らの歩みは遅い。怪我をしているのかもしれない。そうであることを、彼女は願った。狩りがずっと楽になる。彼女は顎《あご》の周りをなめた。彼女の精悍《せいかん》な顔には、鼻から耳の上にかけて深い傷が走っている。以前、彼女の巣に近づく侵入者たちから二頭の子供を守って戦ったことがあったが、傷はその時に付けられたものだ。三頭の相手のうち、一頭が長く鋭い〝光る牙〟で襲いかかってきた時、彼女の鋭い爪が先頭の背中を切り裂いたが、彼女もまた傷を負った。その想いが、稲妻のように彼女の躯《からだ》を駆け抜けた。荒々しく唸《うな》り声を上げると、二頭は侵入者の追跡を続けた。

サブは疲れていたが、へこたれなかった。家を出発してから一日と半。そのすべてが驚異の連続だった。彼にとって、これが初めての森であり、初めての長旅といってもよかった。父親のイシュリは、それまでは彼がどんなにせがんでも、森に入るのを許さなかったから。この使いの役が決まり、サブはやっと父親から森への出入りを許された。森番は森で死ね、猟番は狩で死ね……サブは父親の口癖を思い出していた。〝お前の兄は森で死んだ。その兄も森で死んだ。お前は生きて、森の恐さをみんなに伝えろ〟

サブは、前を行くトキに遅れまいと必死になりながらも、先頭を行くイシュリに教わった通り、常にトキと二歩分の間を空けた。森では一番小さい者、子供が真っ先に狙われる。だから、もし最後にいるお前がみんなと同じようにしっかりした足どりで歩いていれば、襲いかかろうとする奴は躊躇《とまど》うはずだ。

「それでも相手が襲ってきたら？」

「その時は、トキを守って命がけで戦え。剣歯獣は利口だ。最初はお前を狙っていても、女が一番襲いやすいのにすぐ気づく」

サブは腰帯に巻き付けた短刀に手をやった。出発の前、猟番のケン兄から渡された物だ。

「これはお前の兄さんが使った物だ。使いやすいように、俺が打ち直しておいた」

短刀とは言ってもサブの腕の長さほどもあり、サブには大きすぎるくらいだ。だが、本物の刀を持つことは非常な名誉だった。出発時のみんなの顔が思い出された。特に、遊び仲間のサンやテツの羨《うらや》ましそうな顔が。彼らが持てる武器といえば、せいぜいが木の棒なのだから。

　ぼんやりしていたサブは、先頭が止まったのに気づくのが遅れた。危うく前にいるトキにぶつかるところを、ハッとして避けた。だが、森番の鋭い視線に合って思わず体を堅くし、たじろいだ。〝音を立てるな、身を隠せ〟

　その目が、そう語っていた。トキとサブは目を見交《みか》わし、すぐ行動した。二人は身をかがめてしばらくじっとしていたが、危険が近づいてくる気配はない。決して父親の仕事を軽んずる気持ちはないが、それでも、イシュリが警戒に念を入れすぎているのだろうと思った。だが、それは間違いだった。イシュリの手には、竜槍《りゅうそう》が握られていた。森番は鋭い槍の先端をはずし、腰の木製の入れ物から包みを取り出し、開けた。そして素早く包みの中の黒い火薬を槍《やり》の先の空洞に詰めた。その流れるような手つきに、サブはしばし見とれていた。竜槍は大型の野獣を倒すための必殺の武器だ。火薬は出発の時、猟番のケン兄が調合《つく》ってくれたものだ。巨大な剣歯獣を倒すには、刀だけでは困難なのだ。

　父親が先端の太った長く鋭い槍を手に握るのを見て、サブは戦いが間近なことを知った。

森番は風の匂いを嗅《か》ぎ、木々の動きをうかがった。

密集した木々の茂みを移動しながら、彼女はハッ、ハッと規則正しい息を吐き出した。日暮れはもう間近に迫っている。それが、彼女は気に入らなかった。狩りにはまだ早い。日没からしばらくの間、獲物たちは神経質になり、不安定な動き方をする。生き物があったけの力を振り絞ってさえ、昼から夜への変化は急激すぎた。そう遠くない昔、この世界は大きな、とても大きな変化を迎えた。世界は揺れ、怒り、泡を吹き、死を待つ子犬のようにあえいだ。だが、世界は死ななかった。力尽き命も燃え尽きたかのような木々もわずかに残った枝に芽をつけ、花を咲かせやがてあちこちに種をばらまいた。世界中の生き物たちはこの異変を乗り切るために、持てる知恵と力を総動員した。生命のうちのあるいくつかの種は絶滅したが、ある種は生き残った。彼女自身はそんなことに関心などなかったが、実は大異変を生き延びるだけの機知と、柔軟性に富んだ種族の一員だった。そして、狩人として、森に棲《す》む生命の上に君臨しているのだ。だが、今は苛立《いらだ》っていた。何か良くない胸騒ぎがする。彼女は、風を嗅いだ。これから狩ろうとしている者が偶然のいたずらで、全く同じように風を嗅いでその様子をうかがっているなどとはつゆも知らずに。狩られる者は、今まで常に彼女の支配下にあった。彼女の種族は狩る者、狩られる者の違いをはっきりと意識して狩りに望んだ。自分は常に〝狩る者〟だった。それゆえに、自分を〝狩ろう〟などとするあの武器を使う猿に我慢できなかった。彼女は獲物に対する感覚をさらに強めながら、風のように進んだ。

日暮れには、いつも強い風が吹く。森の木々のざわめきは、いつまでもどこまでも続くようだった。もうすぐここを抜けるはずの自分たちを、森が引き止め押しとどめているのかもしれない、とサブは思った。

〝森が騒いでいる。奴のせいだ。きっと来る〟。森番は手で合図を送った。その左手には槍がしっかりと握られている。彼はサブを呼び、自分の前のちょっとした平地《ひらち》をゆっくり円を描いて指し、次いでその向こう側の茂みを指した。「あそこで?」押し殺してサブがそっとたずねると、森番はうなずいた。彼はトキに自分の後ろの茂みに隠れるように合図し、そして待った。サブは急いで平地を調べた。それはまるで森の中の集会所のような、五尋《ひろ》ほどのちょっとした広場だ。その周りでは木々と下生えが密集した壁を作り、合間に木々の薄くまばらな道が何カ所か続いている。道は父親の側に二つ、サブの側に三つある。サブは指示されたとおり、平地の向こうへ行き、三つの道のうちの右側の、父親にいちばん近い木々の間に、父親にならって潜んだ。

そこからは、向こうがよく見渡せた。サブには、場所の様子がよくわかった。中の大きさと様子をしっかり心に刻んでから、腰巻きから中の物を取り出し、素早く分けて並べた。もう日は山にかかり、森は急速に暗くなっていく。サブの頭上で虫を狩りはじめたトビミの羽音に驚いたサブは落ち着けと何度も自分に言い聞かせた。父親と彼は、こうした場合を予想して猟小屋で幾度となく練習を重ねていたのだ。キバを倒すためならと、猟番のケンは喜んで知恵と力を貸してくれた。サブは短刀に手をやろうとして思いとどまり、その手を力一杯握りしめた。これは自分の兄たちと、ケン兄のくれた牙なのだ。その前にやることがある。彼は手袋を選び、両手にはめた。慎重に鉃粒弾《つぶて》を一つずつ包みから取り出し、一つを左手のひらに持ち、残りを皮でできた左手袋の隠しに入れた。準備が整うと弾《たま》を右手に持ちかえ、そして待った。

二頭の剣歯獣は獲物のにおいと痕跡《こんせき》を追って茂みの目前に迫っていた。キバは、自分がこれから狩ろうとしている獲物たちが自分を〝キバ〟と呼んでいることなどもちろん知る由《よし》もない。キバの祖先は大型の、猫に近い肉食獣だった。古くからこの地域に棲んでいたものか、あるいは祖先たちによって作り出されたものか。大異変を迎え、気候の激変の中で代を重ねて生き延び適応し、長く鋭い牙を持つようになったのだろうか。ほかの生物も世界の変化に合わせて少しずつ姿形や生き方を変えていたが、彼女たちの場合、通常では考えられないほどその変貌は早かった。

彼女は進み方を少し落とし、様子をうかがった。頬のヒゲが小刻みにふるえ、行く先の変化を捉えていた。奴らは近くにいる。狩猟者の勘《かん》が、そう告げている。彼女はこのまま進めば前方の木々の密集した場所を通らねばならないことを知った。丈の高い草が集まり、下生えのまばらな所からしか中に入れない。獲物たちは間違いなくあそこを通っている。このまま突っ切るか、廻って様子を見るか。数瞬《すうしゅん》のうち、彼女はわずかに方向を変え、その大きな茂みをぐるっと遠回りに取り巻くような道を進んだ。ここにいる……本能が、〝慎重に〟と彼女に警告した。

だが、連れの雄は戸惑っていた。彼は、彼女と連れだってまだ日の浅い、若い雄だった。二頭は、丸一日の間、獲物を追い続けていた。それくらいなら何も食べなくても生きていけるが、獲物を追跡し続けるとなれば話は別だ。追跡の途中、適当な小動物を狩る機会は何回かあり、実際に彼は丸々と太った森兎《もりうさぎ》を一匹仕留めたが、それを食べようとするのを彼女が許さなかった。短いが激しい唸り声を交えたやり取りの末、彼は自分の獲物をそこに捨て去った。雄には、彼女のことは全く納得できなかった。だが彼女の狩猟の腕は確かだ。勘も鋭い。それを過去に何度もくり返し証明されたので、その時は彼もしぶしぶ従った。しかし、今回の彼女の行動は理解できなかった。猟場を越える長い追跡の後、いよいよ獲物を追いつめた。そこの茂みの中にひとかたまりの動物がいるのは彼にもわかった。だが、それならなぜこのまままっすぐ進まない？　あの茂みに目指す獲物がいる。茂みにまっすぐ踏み込んでその喉笛を嚙み砕けば事は足りる。彼女は、何を恐れているのか……？　考えが彼の頭の中をぐるぐる駆けめぐっていた。追跡の疲れと飢えと乾きと、何よりここがもう自分たちの縄張りをはずれ、ほかの群れの領域に入っているという恐れが、若い剣歯獣を不安にさせた。剣歯獣の数はそう多くない。森に獲物は豊富なので、一群れの狩人に広い猟地を与える余裕があった。だが、それ故に力の強い群れなら自分の猟地に他所者が入り込むのを嫌うはずだ。それに、自分がまだ知らず、出合ったこともないような強い獣もいるだろう。早くこの狩りを終えて、自分の猟地に帰りたい……。

ほとんど闇の中、一瞬風が止み静寂が訪れた。再び強い風に煽られて、茂みががさがさと揺れた。疲れと不安が苛立ちに変わった。何かが茂みの中で動いた。それが、彼に躊《ちゅう》躇《ちょ》を忘れさせた。静かな小走りで、次いで全速力で、雄の剣歯獣は茂みに突っ込んで行った。

キバはひどく驚いた。だが、鼓動の一打ちで彼女は冷静さをとり戻した。あの雄の苛立ちが募っていたのはわかっていたから。その気持ちを押し殺してきたが、自分だってそうなのだ。だが、狩りをするものの執念が、彼女を自分自身に押さえつけていた。キバは、すぐには雄の後を追わず、静かに様子をうかがった。

雄が茂みに飛び込む音は、木々が強い風に煽《あお》られる音のためにほとんど聞き取れなかった。だが、二足猿《にそくざる》の叫びと、唸り声、それに続くドン！　という低く腹に響く音は遠くでもはっきり聞きとれた。キバはもう少しも驚かなかった。もしあれが自分の追ってきた獲物なら、若い雄に勝ち目はない。彼は、二足猿の狡猾《こうかつ》さも武器も何も知らないのだから。キバは風を読みながら、茂みを遠回りに移動し、次第に距離をつめていった。

イシュリは倒した獲物の前に、長い槍を手にして立った。暗くてはっきりしなかったが、槍の先端が接合部のすぐ先からめくれ上がり、その先は吹き飛んでいた。サブは震えていた。さっきまでの岩をも投げかえす気力は失せ、今はただ呆然と父親のやることを見守っているだけだった。鼻をつく硝煙《しょうえん》が消えゆく中、イシュリが自分を手招きで呼んだ時でさえ、自分が今何をしているのか定かではなかった。だが、父親はサブを呼び、槍を握らせた。そして彼は地面に長々と横たわる屍《しかばね》を調べにかかった。森番は首を横に振った。

〝違う……キバじゃない！〟

イシュリは槍をサブの手からもぎ取り、素早く先のめくれ上がった塊をねじり取りはずした。彼は腰帯をさぐった。手にした袋に、火薬がまだ残っている。彼は新しい鏃《やじり》をとり出すと、その太った金属容器の鋭い先端を外し、火薬をそそぎ込んだ。手元は暗く、勘が頼りだ。一瞬一瞬がキバとの戦いだった。そうしながら、彼はサブに手で合図した。サブは言われたとおりに〝狩り〟の獲物に、背負いからとり出した薄く大きな布をすっぽりかぶせた。それは、習わしではあるが、森に棲むものに対するヒトの心遣いだった。それが済んだことを知ると、父親は腕のひと振りで、トキの側につくよう指示した。何かがやってくる。少し風が変わった。サブは音もなく移動し、トキにぴったり寄り添うように隠れた。まだ少し震えていたが。

槍の準備が整うと、森番は木々のざわめきを読みながら梢に身を隠し、サブに剣を用意しろ、と合図した。サブは鋲粒弾《つぶて》を左手袋の隠しに入れて、剣を抜き再び待った。体を寄せ合うトキの鼓動が、彼女の温もりを通して伝わってきた。サブとは違い、トキは決然として何事にも動じず、超然としてさえ見えた。彼女は、サブの胴の長さくらいある短刀の抜き身を手にし、刃がわずかな木々の間からこぼれる星明かりを受けて光っていた。背の高いかやり草が、強い風をまともに受けて左右に激しく揺れている。嵐のような激しい気候にもかかわらず、梢の間から時折顔をのぞかせる空は、どこまでも澄んでいた。空をちらりと見上げたサブは、再び辺りを見回した。どこから来るのか……？　その時だ。何かが動いた。振り返って見ると、森番が立ち上がり、槍を構えていた。槍の切っ先の向いた、サブとはちょうど反対側の入り口から、巨大な黒い影が音もなく近づいてきた。それは入り口の手前で止まった。中にいる自分たちをうかがっているのだ。サブにはそれが、頭を低くして森番の姿だけでなくにおいを確かめているのだとわかった。だがそれは風のように身を翻《ひるがえ》すと、入り口を通過する前に草を蹴る音を残してかき消えた。森番はただ黙って立ち尽くしているかのように見えたが、実は目と耳で巨大な獲物を追っていた。そしてくるりと振りかえってサブに槍を向けると、何かを叫んだ。だがそれより速く、茂みの入り口から何かが飛びこんできた。サブは刀を向ける暇もないまま、彼の目の端で黒い巨大な影が二人の頭上を跳びこえて平地の真ん中に着地するのをとらえた。父親が槍を突き立てるより速く、それはふたたび跳び上がり、牙を剝いて森番に襲いかかった。

イシュリは巨大な剣歯獣がサブの後ろにまわり込んだ時、てっきりそれがサブかトキをねらっているのだと思い、彼らに迫る危険を知らせた。だがそれが理解される間もないまま、二人を跳び越してきた時、森番は相手がキバに間違いないことを知った。

キバは、危険な二足猿が仲間に向かって決してその武器を使わないのを知っていた。獲物の連れを盾にして近づき、間髪《かんはつ》を容《い》れず飛びこんで相手の喉笛をかき切れば、やつを倒すチャンスはある。その策略は当たった。二足猿は手に持った武器を使うのを躊躇ったのだ。悠々と盾にした連れを跳び越えて足を着き、精彩なく突き出されたひょろ長い武器をめがけ、二度目のジャンプをした。キバは、狙い通り相手が持つ武器の根元に着地しようとした。彼女の巨体に二足猿が持ちこたえるはずはない。一瞬の間、武器を持ったまま相手が彼女の勢いと重みに負けて倒れこむのを待ち、喉に食らいつこうとした。だが、相手の動きは予想外に素早かった。彼女が飛びこむと同時に武器を離し、後ろに数歩足を引いたのだ。そして、もう一つの鋭い牙を抜くと両手で構え、彼女めがけて振り下ろしてきた。キバは尻から足にかけてかすかな痛みを感じた。だが彼女は、この体勢では相手に勝ち目がないのを本能的に見抜いていた。おあつらえ向きに、相手の牙が届かない位置に太い木が生えている。間を置かず地面を蹴り、狩りの本能に導かれるまま、その幹めがけて跳んだ。

サブは、自分の頭上を軽々と跳び越えていった黒い塊に、視線を奪われていた。目は闇に打ち溶け、何もかもが見えた。わずかな間、塊は父親の上に覆いかぶさるかのように動きを止めたが、着地するやいなやすぐまた跳び上がり、太い木の幹にまるで木の葉のように体を預けると父親の後ろ側へ向かって再び宙を飛んだ。森番の短い叫び声が耳を離れなかった。黒い塊は、父親を跳びこえてその向こうに降りた。サブには、叫ぶ暇さえなかった。すべてが、一度の瞬きほどの間に展開していたからだ。彼にできたただ一つのことは、短刀の柄《つか》を握りしめることだけだった。二本の後足で地面を蹴った塊は、父親に向かって体を伸ばし、牙を剥いた。

森番は体をひねった不安定な体勢で剣歯獣の一撃に対さなければならなかった。だが思ったより地面が堅く、とっさに足場を確保できたのが、キバの攻撃をまともに受けずにすんだ理由だった。キバの巨大な爪が森番の右腕を襲い、腕の肉を切り裂いた。さらにキバはそれを梃子《てこ》にして森番の首を噛み砕こうと狙ったのだ。だが、彼はキバに右腕をくれたまま、その手を柄《つか》から離して片足を軸にしてグルッとひねり、声にならない叫びとともに左手に持った刀で切りつけたのだ。刃は剣歯獣の胴の辺りをかすめた。無理な体勢からの、微かな手応えだった。だが、キバははっきりと狼狽《うろた》えていた。強い風が血の匂いを瞬時に運んだ。剣歯獣は彼を離して信じられぬほど滑らかに着地した後、視線を逸《そ》らして後ろを振り返ったのだ。何が起きたのだ、今までこんなことはあり得なかった、と思ううちに、ヒュルルルル……という甲高い音が森の向こうから湧き上がった。キバは首を返して森番に視線を据えると、唸った。怨念にあふれた目だ、と彼は思った。だが、キバはさっと身を翻すとサブのいる方へ突進し、サブとトキを跳びこえて森の奥へ姿を消した。

サブには、それが初めてだったにもかかわらず、音の正体はわかっていた。音は父親の後ろから、さらに強くなって聞こえてきた。父親に代わり、サブが片手を口にやって口笛を吹いた。それは風音を圧して森に木霊《こだま》した。それを合図に、甲高い音はぴたりとやんだ。父親は地面に膝をつき、衣服を口にくわえて切りさき、傷口を出そうとしていた。衣服は血で湿っている。トキがサブをすり抜けて走り寄り、森番に手を貸した。サブは短刀を鞘に収め、身なりを正した。間もなく、茂みの中から五人の女が次々と姿を現わした。サブの知らない顔だった。先頭の者は背丈はサブといくらも違わないが、肩幅が広く見るからにがっしりしている。歓迎の衣装と武具に身をつつみ込んだ女は近くで様子を確かめるかのように一度立ち止まってから、サブのところへまっすぐにやってきた。サブは膝がガクガクしたが、足を踏みしめて挨拶《あいさつ》した。この村の言葉は、イシュリから出発まえに特訓を受けていた。

「私は隣の佐塀《サベイ》家からきた、森番イシュリの息子、サブ。我が友邦《ゆうほう》クウジ村へ、村嫁トキを届けにきた。途中森番イシュリが怪我をした。手を貸してもらいたい」

「私は森役を務める、長カフの娘カリス。よく海磁村《クウジ》へいらした。村はもうすぐそこ。すぐ村へ行って傷を手当てしましょう」

彼女は身をかがめて布をめくり、地面に長々と横たわる剣歯獣を調べた。そしてサブにニコッと笑いかけ、

「あれはあなた方が仕留めたの？」

奥に控える森役たちの羨ましそうな視線を感じて、サブは背筋を伸ばし、うなずいた。

「そうだ、森番イシュリが倒したものだ」

森番はトキに腕を預け、立ち上がろうとしていた。彼の腕は鮮血にまみれ、肩で息をしていた。それを見たカリスは口笛で合図した。たちまち何人かがサッと走り寄り、トキに代わってイシュリの身を支えた。

応急の手当てを済ませた後、一行は村へ向かって歩き出した。道中サブは短い言葉でいろいろなことを尋ねられた。その話の中で、父イシュリが今までに六度、村にやってきてそのたびに貴重な獲物を持ってきたというのを知った。村で彼を知らない者はいないそう

だ。サブがイシュリの三番目の息子であることを知ったカリスは、サブの顔をじっと見つめた。

「お父様は立派な森番よ」

そう言うと、彼女は片目をつぶってみせた。それが何の合図かわからなかったが、サブは急に体の力が抜けたような気がした。

五

サンは三杯目の器をおかわりしていた。話がはじまってまだわずか半時ほどしかたっていないのに、サンの飲み物は羊の乳から酒に変わっていた。隣のミチにすすめられるまま、やはり飲んでしまった。だが彼らはその半時の間に、自分の住んでいる世界のすべてを知り尽くした気持ちだった。サンはじめ家のほとんどの者が、ハク老を本当の物知りだと思った。だが、テツは違った。テツは、ハクが伝えている間中ずっと、もじもじと落ち着かなかった。かと思うと、静かにじっと考え込んだりしていた。老人の話は尽きなかった。そのあい間にひと息つくと、あちこちでひそひそとささやき声が上がった。

老人は、みんなが補助人に伝え合うのを待って、また伝えはじめた。彼が今度伝えた内容は、次のようなことだった。

「……祖先たちが、大きな、空を飛ぶ鳥を作ったのは知っているだろう。そして、それよりずっと大きな、星々に行く船の話も」

しばらくして、ハクは続けた。

「祖先たちは、それらを使って、世界中のどこにでも、自由に行くことができた。星々の中にさえ、彼らは〝島〟を作り、星々を探検した」

〝島〟のことを、ジンは〝新しい家〟と訳して伝えた。「そして」とハクは続けた。

「そして、そこを中心に、彼らは新しい町を作っていった。町とは、大きな家、と言う意味だ。だがその時……」と、ハクはひと息入れ、続けた。

「恐ろしいことが起こった。それは、あまりにもゆっくりと、わからぬように忍び寄ってきた。きっとみなには信じられぬだろう。だがあの太陽が祖先たちに怒り、世界を引き裂いたのだ」

ハクの話を伝えると、みんなは静まり返った。

「わしらは太陽からたくさんの恵みを受けている。祖先のそのまた祖先たちがそうだったように。彼らはまさか自分たちが怒りを受けようなどとは思わなかっただろう」

しばらく間をおいて、老人は続けた。

「だがそれは忍び寄ってきた。祖先たちの時代、彼らを照らす恵みの光がしだいに強くなり、やがてそれがたくさんの生き物を滅ぼしたのだ。そのことは、祖先たちの残した書き記しの中に、ほんのわずかだけ、伝えられている。それはこの世の怒りだったように伝えられている。祖先たちの、あまりに思い上がったやり方に、この世の〝何か〟が怒ったのだろうか……。わしには、それはわからない。だが、その光の一部は今でも少しずつ降っており、驚くことでもない。本当の恐ろしさは、既に始まっていたのだ」

みんなはハクの話に引き込まれていた。嘘などつかないハクが飾らずに伝える話は衝撃的であり、あまりにも現実とは思えないものであっても、実際に祖先たちに起こったことなのだ。みんなは息を飲んで話の続きを待った。

「それは、実は祖先たちが自ら引き起こしたことだった、とも思える。彼らが、空を飛ぶ巨大な鳥や風よりも速く走る乗りものを作り、この世界中を自由に行き来していたのは伝えた通りだ。地上には、その乗りものが走る道があちこちに残っている」

サンには、高道をすごい速さで走る祖先たちの乗り物がどんなものか想像することさえできなかった。ハクは続けた。

「それらは、〝燃える水〟を燃料にして動いていた。ここで、皆に燃える水について伝えなくてはならない」

ここでハクは間を置いた。何も質問がないとわかると、彼は続けた。

「この星が生まれて間もない頃は、とても我々の住める世界ではなかった。この星全部が我々の呼吸できない悪い空気で厚く覆われていたのだ。その頃は我々はもちろん、牛も犬も猿も猫もいなかった。ただコケや木や草だけがこの世界中を覆っていた。草や木は長い時をかけて、その悪い空気を吸い、良い空気をはき出した。今でも草や木、そしてコケは、その仕事を続けている。悪い空気を吸い込み、やがて枯れて地に埋もれたそれらは、気の遠くなるような長い永い時を経て、岩のようになったり、融けて泥のようになったりする。

その泥のようになったものを地中より掘り出し、物を変える力で水のようにしたのが燃える水なのだ。彼らはそれをさぐり当て、掘り起こし、燃料として燃やし続けた。世界は急激に暑くなり、悪い空気が充満していった。

「彼らが自分たちの間違いに気づいても、もう遅かった。その世界の便利さにすっかり取りつかれてしまい、そこから逃れることなどできなかったのだ。光が祖先たちの世界を引き裂いたのは、彼らが必死になってその世界をどうやって元に戻そうかと考えている、ちょうどその時だった」

「祖先たちは、何とか生き延びた。岩山を打ち砕く力を使い、彼らは力を合わせて再び大きな町をいくつも作りはじめた。それは最初の間、うまくいくように思えた。誰もが、繁栄を疑わなかった。だがしばらくして、この星のあちこちで食べ物が不足していることがわかった。はじめは余った食べ物を足りないところへ送っていた祖先たちも、だんだんそうする訳にはいかなくなった。自分の食べる物も足りなくなりだしたのだ。不思議な光に祖先たちが気づいた時は既に、星のあちこちがもう元には戻らないくらい狂っていたらしいのだ。気候が激しく変わり、草や木は枯れはじめた。嵐が起こり、いくつもの島が海に飲み込まれた。それまで助け合っていた祖先たちは、うって変わって自分の食べ物を守ろうと必死になったのだ。争いが起こり、破壊もはじまった。やがて武器を持った者たちが暴れ回るようになり、たくさんの人々が犠牲になったそうだ。そしてある日のこと、祖先たちは喉をかきむしりながら次々に倒れ、滅んでしまった」

ハクの伝達に、みんなは何も答えられなかった。ハクはゆっくりと、続きを伝えはじめた。

「祖先たちがどうして急に滅んでしまったか、今となってはわからない。わしはいくつかのことが重なったのだと思っている。彼らが作りだした物に、彼ら自身が滅ぼされたのだ、とわしの父親はよくわしに教えたものだった。だが実際には、彼らは全滅した訳ではない。わしらのほかに、いくつもの村に祖先たちの孫の孫のそのまた孫たちが暮らしておるはずだ。だが彼らとて、自分の祖先たちにいったい何が起きたのか、わかる者はおらん。

わかっていることは、わしらの住んでいるこの世界は、とてつもなく大きく思えても、本当はそうではない。本当は小さな、弱いものだということだ。万能だった祖先たちが、実はそうではなかったのだから」

ハクはちょっと苦しそうに一息つき、続けた。

「わしは、こんな話をしてお前たちをがっかりさせるつもりはない。たとえ言い伝えがどうであろうと、祖先たちはやはり偉大な存在なのだ。ただ、わしが恐れるのは祖先たちを知りすぎることなのだ。彼らを知ることで本当に生活が豊かになるのなら、わしは喜んで彼らの全てを受け継ぐことをみんなに許そう。だが、彼らを知ることで彼らの道をもう一度たどることになるのなら、わしは決して祖先たちを深く知ることを許すつもりはない。だが……」

最後の方を伝え終わらないうちに、シンが手をたたき、その手を高く上げた。

「なぜ、お爺が彼らのことを我々に教えてくださらないのか、私にはわからない。彼らについて、もっと私は知りたい」

方々から同じような意見が上がった。

老人は深く息をついた。サンには、それはため息のように思えた。ハクは一息入れ、再び伝えはじめた。

「わしは若い頃から祖先たちの創り出したものや彼らの残した書き記しに触れてきた。そしてその度に彼らからお前たちを引き離す重荷を負ってきた。それは、私が祖先たちを知れば知るほど、彼らのことは学ばない方が良い、と思えてきたからだ。さっきも伝えたように、この家に祖先たちの行いが入ってきたとしたら、必ず誰かがそれに取りつかれてしまうのではないか、という恐れがわしを放さなかった」

地揺れが始まった。だがそれはすぐ収まった。老人は揺れが収まるまで待ち、続けた。

「我々は、滅び去った祖先たちからこの世界を学ばずに、我々自身の世界そのものからじかに、様々なことを教わった方が良い、と思うのだ」

「我々は、我々自身の知恵で、この世界に生きていくべきなのだ」

サンから伝えられたテツが、声を上げた。彼の手が勢い良く動くのを、サンは感じることができたほどだ。だが驚いたことに、それはハクによって遮られた。ハクが再び伝えはじめたのだ。

「だが年老いた今ではその重荷は苦痛に変わりつつある。もうそろそろ、わしはわしの考えを、そしてこの家のことを、誰か頼れる者に任せたいと考えている」

みんなのため息、驚きが伝わった。それは輪のように広がっていった。テツが、サンの掌をたたいている。さっきからずっと繰り返しているのだ。サンはみんなのざわめきの中で、声を上げた。だが、ハクにはそれがわからないのか、一向に指名されない。老人の声が伝わった。それとともに、ジャラジャラという、何か小さい物が擦れ合い、ぶつかり合って出る音がした。

「お前たち、祈石のことは知っておるだろう」

そうだ、あれは祈石の音だ！　サンは思った。

「毎年八月に、家のことを占った後、新しい祈石が一つ、加えられる。この祈石の数も、五十一個になった」

あちこちから、感心のざわめきが起こった。みんなが静まるのを待って、ハクは続けた。

「わしがいかに年寄りか、わかるはずだ。知ってはいると思うが、この四方に、五十一個の祈石を持った長老はいない。わしは、ほかの誰よりも長生きだということだ」

みんなは息をひそめて老人の言葉を受け取った。ハクは続けた。

「わしはこの年になり、力も衰えた。昔のようにみんなをまとめ、生活していけるだけの知恵も気力も、日に日になくなってきている。そろそろ若く、力があり信頼できる者に、家長の役目を譲りたい、いや、そうするべき時がきているのだ」

老人はあちこちから上がった合図に構わず、伝達を続けた。

「そうすることで、わしはやっと重荷を降ろすことができる。さて……」

ハクはここで間を置き、すぐにまた話し出した。

「わしはジンと相談してみんなの内から次の家長を決める方法を考えた。お前たちの中から家の長としてふさわしい何人かを選び、その中からお前たちが次の家長を決めるのがよいだろう」

みんなから一斉に合図が上がった。ひときわ大きく響く声がサンを捉えた。ミチだ。だが、こういった重大事の時は、質問の順番が決まっているのだ。ジンはミチを指名せず、リュウを指した。リュウはすぐに質問をぶつけた。

「お爺、突然のことでみんなは驚いている。私でさえ、どう伝えていいのか迷っている。お爺の気持ちはわかる。今日はお爺とトキの祝いの日でもあるのに……」

強い風が時折扉をたたいて吹き込んできた。リュウは終始ハクの説得に努めた。そればかりでなく、家の者ほとんどが入れ替わり立ち代わり長老を励まし、これまで通りその地位に留まるよう頼んだが、老人の意志は固かった。ハクはみんなを制して自分の考えを発表した。まず長老候補として、リュウをはじめとして何人かを推薦した。それはほぼ年と、能力に依って考えられた、理にかなったものだった。みんなは反対しながらも、ハク老の思慮に心からうなずいた。

会得の輪はその後も延々と続いた。疲れた者たちが一人、また一人と輪を去り、寝床に入った。サンは最後まで輪に残ろうと頑張っていたが、テツがもう行こう、と立ち上がったので結局あきらめて輪を離れることにした。サンは、テツと一緒に寝床に向かった。彼は酔って足がふらふらし、ユキの寝床に倒れ込みそうになったが、テツのしっかりした腕にがっちりつかまれて危うく助かった。テツに抱えられて床に行き、サンはテツの隣にいつものように伏した。

気がつくともう朝だった。外ではいつものように強い風が吹き荒れていた。サンは、テツの動く気配を夢の中で感じたように思った。はっとサンは起き上がり、くらくらする頭を抱えた。そして、隣に寝ているはずのテツがいないことに気づいた。どこへ行ったのだろう。サンは起き上がろうとしたが、気分が悪くなって彼はまた寝床に伏した。しばらくじっとしていたが、サンはそっと頭をもたげ、風のにおいを嗅いだ。異臭がする。何だかわからないが、今まで嗅いだことのない臭いだ。サンはゆっくりと起き上がり、溜めた息を吐き出した。そんなことをしても体はちっとも楽にならなかったが、目覚めたことを自分に言い聞かせたかった。ほかには、まだ寝ている者もいれば、起きている者もいた。起きている者は、自分の仕事をはじめている。それぞれが、今日もまた生きていくのだ。テツは、ダンを連れてどこかへ出かけたようだった。

午前中の自分の仕事を終え、サンはミチと一緒に牛の餌になる草も運び込んだ。一息入れたサンは、牧草の山を離れていつものように風の匂いを嗅いだ。強い南風は昼までに止み、今はおだやかだった。やっぱり風におかしな臭いが混ざっている。牧草の匂いが強いので、柵の方へ行って確かめてみた。柵と木々のざわめきから考えて、深い森の方——祖先たちの「禁じられた森」から、そのおかしな臭いは流れてきていた。サンは胸騒ぎを覚えた。ミチも何やら不安を訴えてすぐ家に引き上げてしまった。

サンが家に着くと、いつも通り各々自分の仕事をしていた。庭に行く途中、リンに呼び止められた。リンからハクが探していたと告げられたサンは、急いでハクの所へ行った。ハクはサンに会うなりここしばらくの天候について尋ねた。老人は数日の内にあの長く続く激しい雨が降り出すかどうかを知りたがっていた。サンが首を横に振ると、今度はテツがどこにいるか知っているかと尋ねられた。朝から会っていないことを伝えると、ハクは急に話題を変えて家の周囲の柵が古いところで少し腐りかけていることと、季節の雨と風を避けるための新しい木の覆いについての意見を求められた。

サンは驚いた。そういった問題はリュウか、手先の器用な猟番のケンに尋ねるのが常だったから。それでも精一杯知っていることを伝えたが、老人は何か考えごとでもしているのかどこか曖昧な様子だった。

サンはテツのことが気になっていたが、仕事に追われて夕方まで忙しく、テツの畑へ行ったのは日の落ちる少し前だった。畑ではアブラ草が強い匂いを放っていた。畑にもテツの気配はなかったが、どこか遠くで犬の鳴き声がしたような気がした。サンは畑をぐるりと回って、家に帰った。

夕食は干した魚と干した兎の肉だった。それと森の果実。テツは夕食の直前に帰ってきた。いつものように隣同士に座り、何食わぬ様子でサンに遅れた訳を簡単に伝えた。

「お爺にしぼられた」

テツの体からおかしな臭いがすることには気づいていたが、サンは何も尋ねなかった。

翌日もテツは犬を連れて朝早くから一人出て行き、晩まで帰らなかった。その翌日は夕方から激しい風が吹き、外仕事のみんなとともにテツは夕方遅く帰ってきた。会得の後、サンは床に入ったテツにそっと聞いた。

「みんなと仕事してた?」

畑にいたという返事。

「ずっと?」

「そうだよ」

サンは昼間テツを訪ね、会えなかったことを伝えた。

「少しだけ森にいたんだよ」

とテツは答えた。

「みんなが噂している」

「どんな？」

「君が、森に取りつかれてる、って」

「そんなことないよ」

サンは、夕方シュウたちが狩りから帰ってきた時のことを伝えた。

「彼らは、森の中で君に出会った、とお爺に伝えたんだよ。僕は偶然そこにいて話を知ったんだ」

テツが何も答えないのでサンはもう一つ聞いてみた。

「君のその臭いは何？　アブラ草じゃない、何かおかしな臭いがするよ」

テツは寝返りを打ったらしく何も答えず、やがて寝息が伝わってきた。

風は夜中になってさらに激しさを増した。木々は揺れ、折れた葉や小枝が壁布をたたいた。サンは不安で夢から覚めた。会得でケンが寝ず番になることを知っていたので、起き上がってその気配をうかがった。ケンはすぐサンに気づいて合図を送ってきた。風の音に混じってカリカリというかすかな貝殻の音がした。それを頼りにサンはケンの所へ行った。寝ぼけてまだふらふらしていた。サンより二つか三つ年上の、猟番としては若いケンは、サラサラと風になびく、長い髪をしている。イシュリを真似ているのだろうか？　暗いので指文字は使わず、彼は打ち文字でサンの掌に伝えてきた。

「眠れない？　ここに座れよ」

「今日も風だね。家は大丈夫？」

心配ない、という返事。

「テツは起きている？」

という質問に、サンは眠気がいっぺんで吹っ飛んでしまった。

「寝ている。どうして？」

ケンは少し考えて、伝えた。

「お爺が心配している。家のみんなも、テツがこのごろ森へ出入りしていることを知ってる」


翌朝まですさまじい勢いで吹き荒れた風は、夜明けとともに止んだ。日差しが感じられてからしばらく経ってサンは目覚めた。〝人には嵐と思える風雨も、自然や動物、植物たちには大切な、生命を育む雨、そして風なのだ〟というハク爺の口癖を思い出しながら、しばらく横になりいつものように空気を嗅いで、音、においを確かめた。テツはまだ寝ている。まだ眠り足りないが、サンはもう眠れなかった。夜中にケンが教えてくれたことが、頭を離れなかった。

「凄い風だけど、雨が降らないね」

「森が怒っている」

「え?」

「テツは森を越えてその奥に入っている」

「奥って……?」

「祖先たちの遺跡……悪霊の住処」

ケンは信頼できる狩人で、決して作り話などしない。それだけに、サンの衝撃は大きかった。しばらくじっとしていたが、テツを起こさぬようそっと起き上がり、表に出た。彼はいつものように様子を確かめてから、水瓶に行って水を飲んだ。

朝のうちに柵の見回りを終えたサンは、見回りから戻ってはじめてテツがいないことを知った。尋ねると、彼が仕事をはじめてすぐ、畑の方に出かけたということだった。気になったサンは畑に行ってみたが、テツはおらず、昼を過ぎても帰ってこなかった。暑い日差しが照りつけ、夕方前からまた強い風が吹きそうな予感がした。日差しが強く気温はぐっと高くなった。夕べの風でかなり葉を吹き飛ばされた森の木々も乾いた音を立てている。木々を揺する風の中にまたおかしな臭いが混ざって漂ってきた。臭気は森の奥、祖先たちの遺跡の方からだ。サンはテツのことを考えない訳にはいかなかった。その日の夕方遅く、テツは家に戻り、みんなと夕食についた。会得では家長交代のことでいろいろな話がされた。大方ハクに賛成したが、それに反対の者も何人かいて意見がまとまらず、考える時間を持とうということになった。次の満月の晩に家長を決めることにし、それまでしばらくの間、ハクが今まで通り家長を続けることになった。

それから数日がおだやかに過ぎた。サンはいつも通り牛のことで頭を悩ました。みんな各々のんびり働いていた。ただ一向に雨が降らず、テツも畑の作物を心配しはじめていた。

その日も夕方から北風が吹き、翌日の昼からは南西風に変わった。午後遅くなって、シユウがやってきた。

「リンが、囲いの鈴をつける縄が古くなり切れかかっているのを見つけたんだ」

サンは犬の散歩がてらそれを確かめに行った。テツはダンに縄をつけることを嫌っていたが、見回りや家の番をさせる時は縄をつけるよう、老人たちが決めたのだ。しつけが肝心、が老人たちの意見だった。サンは仕方なく、テツにすまないと思いながら縄をつけた。シュウが、サンをその個所へ案内した。風の中に強い異臭が漂っていた。シュウにもそれがわかったらしく、

「これは何のにおい？」

と尋ねられたが、わからない、と答えた。子犬のダンが森の方へどんどん進んで行く。彼らが向かったのは丘を登った所で、そこはテツの畑に近かった。

「ここだよ」

とシュウが伝えた。

「縄が切れてるんだ。何かおかしなことが起こる？」

ここには森との境に低めに縄が張ってある。昔からのおまじないのようなものだったが、外部からの侵入者を知ったり、何より森との境目を示す印として役立っていた。小さな土

鈴がいくつか付けてあったが、それがみんな落ちていた。もう古くなって切れたのかもしれない。土鈴は昔、ハクが祖先たちの遺跡から持ち出した金属の鈴を真似て作った物だ。縄が切れたままでいると何か災いが起こると信じている者もいる。だから切れないように見回っていつも修理するのがサンの仕事でもあった。

「ありがとう。君が教えてくれて助かった」

サンはシュウに礼を言い、災いなんて起こらない、と伝えた。

「君が早く教えてくれたから」とお愛想も忘れなかった。すぐに彼は持ってきた縄で修理を終え、家に向かおうとした。サンはしかし、途中で考え直し、シュウに一緒にテツの畑へ行ってくれないか、と頼んだ。テツがいないかどうか確かめたかったのだ。彼らは一緒にテツの畑へ行った。そして、そこで呼び止められた。リンだった。不安げな様子なので「どうしたの?」とシュウが尋ねると、リンは「テツのことが心配で」と答えた。何者かが祖先たちの住処に入り込み、その聖域を踏みにじっている、という噂が広まっているのだ。家のいく人かは、間もなく家の者全部がその怒りを受け、災いが降りかかるだろうと信じているらしい。リンは、猟番ケンが狩りに行くので森の入り口まで一緒にきていたのだ。

彼女は、二人におかしな物があるから調べてほしい、と言った。

サンはシュウの手に打ち文字で「行ってみよう」と打ち、背中を軽くたたいて促した。

三人は丘を登り、森との境にある畑を目指した。何か胸騒ぎがする。サンは顔を風の方に向けた。

サンはリンに続いた。森の方角だ。

「これは、何？」

リンに促されて手を伸ばすと、木の幹にひもが結わえ付けてあった。昔から連絡や信号によく使われている方法だが、ひもは誰かが、おそらくテツが森に入った印に付けていったのだろう。

「テツはいないよ」

シュウが言った。風がだんだん強くなってきて、森の木々がざわめいている。サンは風の方向を確かめながら、その中のあのにおいを確かめた。

「先に家に行ってくれないか。僕は、テツを探してみる」

「探すって、まさか、森に入るんじゃないだろうね？」

シュウの質問に一瞬ギクリとしたが、サンは平然を装って答えた。

「大丈夫。それより、家へ帰ったら女人《オント》たちに雨の準備をするように伝えてくれないか」

シュウが何か言う前にサンはつけ加えた。

「大雨の気配だ。今夜は、嵐になる」

これまでにも頻繁に大雨が洪水を起こし、何度もこの辺りを襲った。洪水は谷から貴重な木の実を奪い、動物たちもいなくなってしまう。家が半分水に浸かったこともある。大雨が降ることを予測できても洪水は防げないが、家を守る心の準備はできる。サンはこの数年、大雨や洪水など、天気の変動を予測している。その予測が正確なので、今では家の者みんながサンに頼っていた。リンは大事な知らせを持って急いで丘を降りた。サンが行こうとすると、誰かに肩をつかまれた。ギクリとしたサンに、シュウが言った。

「僕も一緒に行くよ。君一人だけで行かせたなんて知れたら、みんなにこっぴどい目にあっちまう」

サンは大きく空気を吸った。むっとするような森の匂いと、動物、植物、サンにはわからない精霊や生命たちの息吹が一斉に襲いかかってきた。サンは耳を澄ませた。遥か彼方の雷鳴のような地鳴りと、強い風に煽られる木々のざわめきと一緒に、祖先たちの叫びが聞こえてくるようだった。サンはダンの縄を引きながら、一歩ずつ慎重に森に踏み込んで行った。足は森に入ることを拒んでいるように思えたが、後ろにいるシュウに気取られたくはなかった。ダンは前にもここを通っているらしく、先へ行こうとする。森の奥に行くほどに、不安がサンを取り巻いた。シュウも同じ気持ちにちがいない。サンはできるだけ落ち着こうとし、体中の感覚に意識を集中しながら進んだ。

六

サブは夜中に何度か目を覚ました。婚礼の儀の後で振る舞われた強い酒を一息に煽ったまでは良かったが、その後気分が悪くなって大変な目に遭った。何しろ父親のイシュリが勇者として迎えられたのだ。一行は大変な歓迎を受け、イシュリは村の呪術師の所へ運ばれた。ヘムというその男は医術にも長け、不思議な薬で森番の右の腕だけでなくあちこちの傷をきれいにし、痛みを和らげた。イシュリたちには海に住む者たちがとる、栄養のある食べ物が運ばれ、手厚いもてなしを受けた。

父親が回復するまでのしばらくの間、サブは父親の代わりを務めなければならなかった。すべてが未経験で、まるでわからないことだらけだったが、サブは状況を判断し、機転を利かせ、村役へのあいさつまで滞りなく済ませた後、婚礼儀式でイシュリの代わりとして家役を務めた。その時にはイシュリはかなり元気になっていたが、婚礼の儀に連なるまでには回復していないとしてサブに家役を命じたのだ。サブの家役は自分自身でも思いもよらぬほど、堂に入ったものだった。トキの花嫁姿も美しかった。サブは婚礼の儀のすべてを目に焼き付けていた。そしてその報告を父親にすませたとたん、目眩《めまい》がして倒れ伏したのだ。

村に着いて五日目の朝、村の顔役のアリンがやってきてイシュリとサブを老カフの所へ案内した。カフは使者に礼を述べた後、家長のハクに渡してくれ、と小さな包みを差し出した。ある海獣の内臓を干したもので、伝染病に効果がある、という貴重な薬だ。イシュリには覚えがあった。二年前の使いの時、ハクに頼まれたがその時は海が荒れていて海獣の猟が行われておらず、しばらく待ってほしい、とリギという海猟長に断られたものだ。家に着いたらハクは大変感謝するだろう、薬は必ず届ける、と約束して二人はその場を辞した。

その日の晩、帰村の準備をすませた二人は小さな宴に招かれた。村を上げた盛大な宴を帰りの旅のために断ったイシュリに、どうしても別れの杯を交わしたい、という村役たちのささやかな気持ちを表したものだった。森番とその息子サブは海で採れる魚や貝をすすめられた。ここにきて初めて海というものを目の当たりにしてその偉容にすっかり驚いたが、今またその幸を味わうことができ、サブにはこれ以上の幸福はないくらいだった。そしてクウジャという古老の一人から海の果ての世界のことを聞き、その不思議な体験に心打たれた。二人は別れの言葉の後、小さな杯を一口に飲み干すとその場を辞した。

翌朝早く、彼らは出発した。まだ日が昇らない森は黒く、風も止んで朝の靄がたち上っていた。森役たちが最後まで大切に抱えてきたのはイシュリの竜槍だった。出発の時、カリスがそれをうやうやしくイシュリに手渡した。次いでサブは、カリスから二つの包を受け取った。それは火薬だった。火薬はどこでも非常に貴重で部外者に分け与えることは滅多にない代物だが、彼らが倒し、贈り物として村に持ち込んだ剣歯獣は、それに勝る物だった。火薬は大量だと持ち歩きに不便で、危険だ。カリスは火薬を二分してサブに渡したのだ。イシュリはその皮袋の一方を自分に、もう一方をサブに預けた。物音一つしない森は二人をすぐに飲み込んだ。見送る森役のカリスたちは、いつまでもその場を離れなかった。二人の影が暗闇に沈み、足音が消えてしばらく経ち彼らはやっと村へ引き返して行った。

森の中では別のものが動き始めた。それは森に踏み込む二人に気づかれぬよう、においと気配を消していた。いつもは二頭以上で行動する剣歯獣は、複数でないと大型の餌の狩りをする時に圧倒的に不利になる。だが今は単独行動だった。二足猿への復讐と狩りの本能が、彼女に群れを作ることを拒ませたのだ。身を隠している数日の間に狩った獲物も最低限だった。剣歯獣は飢えと戦いながら慎重に二頭の二足猿を追った。この前の過ちを繰り返すことはできなかった。猿たちは森の奥へと入って行く。猿を襲う場所を計算しながら、キバはその後を追った。

サンとシュウは迷わずに高道までやってきた。湿った黒雲がやってきて風が森の木々を揺すり、太陽も時々梢にチラッと姿を表わすだけだった。高道を越えて森の奥へさらに踏み込んだとたん、おかしな臭いが強くなった。

「どこまで行くつもり？」

シュウの質問に、サンは何も答えずに進んだ。二人はがれきの山を迂回し、厚く地平線を覆った雲に今にも飲み込まれようとしている夕日の薄明かりの中を、祖先たちの遺跡へ急いだ。サンは弱音を見せまいと、シュウに先んじて道を行った。恐れを知らない幼児だった頃に、テツは仲良くなったサンを口説いてその手を引き、森を抜けて遺跡まで行ったことがあった。ずっと以前、村にやってきたばかりのテツが、禁を犯して通った道だ。サンは一度きりの道でも記憶が甦った。草は繁っているが、祖先たちの遺跡に通じる道は何か時間が凍り付いてでもいるかのようにまっすぐだった。サンはやがて、テツと二人で〝墓〟と呼んでいたくぼみまでやってきたことに気づいた。そこからは祖先たちの建築物が崩れた瓦礫の中に埋もれているのだ。シュウはおびえていた。サンとつなぐ手から、震えているのがはっきり伝わってきた。奥に進もうとするサンに、シュウが伝えた。

「もう帰ろう」

サンは立ち止まり、シュウの手を握る手に力を込めた。だが、シュウは言った。

「こんな遠くまで来て、家に戻れなくなるよ。それに、祖先たちの遺跡に近づけば、恐ろしいことが起こるって噂だよ」

突然ダンが吠え、鳥がガーガー鳴いて飛び立った。サンは心臓が飛び出すほどびっくりしたが、逃げ出したい気持ちをかろうじてこらえた。そして、

「大丈夫、テツを見つけたらすぐに戻ろう」

とシュウに伝えた。ふいに遠くで大きな音がした。雷鳴だ。足がすくみ、シュウとサンはしばらく動けなかった。音がおさまり、やっと二人は我に返った。風はむっとするような湿り気を運んでくる。サンには、嵐が近いことがわかっていた。

遺跡の中の歩きは遅かった。シュウは手ごろな木の棒を拾い、サンに手渡した。二人は道を確かめながら進んだ。崩れた大きな残骸の間には、祖先たちの創った固い地面がある

のだが、蔦や訳のわからない植物がぎっしり繁っていて進みにくいのだ。また雷鳴がした。

サンが進もうとする手を、シュウが引っ張った。

「どうした?」「もう進めない」。シュウの手は震えていた。

「あそこの水たまり大きなトゲがいる。ほら」。サンは彼のたわ言に動じないふうを装った。

だが実際は、自分も逃げ出したかった。

「もうすぐだよ」

実際、においは強くなり、近くで人の気配が感じられたような気がした。だがシュウはサンに伝えた。

「もう足が動かない。僕はここで待つよ。行って、テツを探してくれ」

「わかった。見つけたら、すぐ帰ろう」

サンはにおいを嗅ぎ、犬を連れてテツがいると思われる方へ進んだ。


イシュリは帰り道を急いだ。サブと二人だけだし、サブももう森の経験者だ。風が巻き、雨が近い。この季節なら、おそらく嵐になるだろう。だがそれはかえって好都合だ。嵐の晩は、狩りをする動物はみな巣穴に引きこもっているはず。途中で待ち伏せを食らうことも少なくなる。この嵐を利用するのだ。「急げ」。森番は息子に合図を送った。

昨晩サブに話しておいた通り、イシュリは来た道を通らずにいくつかある抜け道のうちの一つを使った。途中険しい箇所があるがそれを除けばほかの動物から襲われる心配の少ない、見通しのよくきく道がほとんどだった。この道は、遺跡のすぐそばを通過する。そして、そこを迂回して村へ帰るのだ。二人は足早に沢を抜けた。ひときわ黒い雲が空を厚く覆っている。二人の食料は必要最低限だ。遠くで雷鳴がした。途中狩りもせず、休憩も取らずに家まで一気に歩き着けると森番は判断していた。だが、もし〝キバ〟が狙っているとしたら？　イシュリはおかしな想像に捕らわれそうになっている自分にハッと気づき、戒めた。右腕が少し疼いている。彼は振り向かずに後ろを歩いているサブに伝えた。〝これから険しい道になる。注意しろ。においは消し、音は立てるな〟

だが、今度の相手はそう簡単に獲物をあきらめはしなかった。影のように木々の間をぬい、常に先回りして二足猿の動きを捉えていた。既に自分の猟場に戻ってきている。この森の中では彼女の方に分がある。小道の一つ一つまで知り尽くした彼女は、自分に一番好都合な場所へ猿たちが入って行くのを慎重に待った。

夕暮れ時の外の明かりが広い部屋の入り口と、それに続く階段を薄暗く照らしていた。テツは持っていたろうそくを台に置き、代わりにそっと台の上の筒を持ち上げた。筒の先から光がほとばしり、テツの顔を薄暗がりの中でくっきりと浮かび上がらせた。テツがそれを壁に向けると、地下室の壁は丸く照らし出された。だがその明かりは次第に暗くなり、すぐに何もわからないほどになってしまった。テツはろうそくの明かりを頼りに筒につないだひもを外し、台の上にある別のひもに結んだ。さっきと同じ光が点ったが、しばらくすると瞬いて消えた。テツは筒を置き、階段を上って表に出た。森のうっそうとした藪は遺跡の中心部のすぐ近くまで押し寄せてきていた。その昔繁栄を誇った祖先たちの建物は、小さな雑草のような植物たちによって占領され、森はなおゆっくりと祖先たちの遺跡すべてを飲み込もうとしている。ひもは朽ち果てようとしている建物の側の、一際高い木に続いていた。

木の低い枝に強い風に煽られて回っている何かがあった。それは風車だった。テツはよく家の幼い子供に木の実に木の葉や鳥の羽根を付けた風車を作ってあげたが、そこにあるのはもっとずっと大きく、鳥や木ではない何か別の物でできていて——それは明らかに祖先たちの創った物だ——、枝にしっかりとくくりつけられ、風に吹かれて勢い良く回っていた。その根本につながれた二本のひもの内、一つが外れていた。風は強くなりつつある。テツはひもを結わえ直し、風車を点検して急いで戻った。建物の地下に戻ると、ろうそくの炎が地上から吹き込んだ風に揺れた。部屋の中の影が揺らいでろうそくが吹き消されても、テツはあわてなかった。さっきの筒の先端が明るく輝いていた。台から少し離れた床には箱が置いてあり、ひもが延びてきていた。テツが筒からひもを外すと、不思議な明かりも消え、ひもをつなぐと明かりが点いた。

テツは袋の中から布切れと、小さな入れ物を取り出した。布切れを広げて入れ物のふたを開け、その上に中の黒い粉を少し取った。こっそり取っておいた火薬だ。床のほこりを払い除けてから、それをそっと下に置いた。彼は入れ物から何かを取り出し布に向けた。小さな火花が上がって火薬が燃え出すと、その火をろうそくに点火した。やがて火は消え、ろうそくの明かりが部屋を照らした。筒は冷たい光を放って輝いていた。

台の上には、その光に照らし出されて厚い、四角い物がいくつか積んであった。それは書き記しだった。テツはそのひとつを持ち上げ、慎重に開いていった。ある所で手を止めると、それをしばらくじっと眺めていた。

やがてテツは書き記しを台の上に置き、皮で作ったひもを取り出した。そして台の下にある容器に手をやった。それは黒ずんだ重々しい色で、みな彼の背丈ほどもあり、太さも彼の胴回り程で、床に寝かして並べてあった。テツが時間をかけて遺跡の地下深くから運び上げた物だ。遺跡の地下は迷路のようになっていて、テツはその一角にそれらを発見したのだ。そこにはほかにいく種類かの、ずっと太い容器が並べてあったが、それに似た物はこの建物の周りにもたくさん積まれていた。暗がりの中に横たわっている容器の一つからは細く長い管が伸びて足元のおかしな棒につながり、その棒からはもう一本の細い管が別の容器に伸びていた。テツは細い管を手繰って皮ひもをあてがい、くるくる巻いた。そうして管の割れ目に丁寧に結び付けると、管を置いた。

テツが光る筒を持ち上げると、書き記しの中にある容器とそっくりな物が照らし出された。テツは容器の天辺の丸い輪になった物を回した。別の容器は少し小さく色も少し青色がかっていたが、こっちにも同じ輪があり、テツはそれも回した。二つの容器からは黒い管が伸びてつながり一つになっている。彼は棒を持ち上げ、横の輪をひねるとその先をろうそくに近付けた。何も起こらなかった。棒の先を炎に向けて動かし、棒の根元を調節したがくさい臭いが部屋に立ち込めただけだった。テツが急いでろうそくを吹き消すと、祖先たちの筒の光がうっすらと周辺を照らした。一瞬、壁が青白く光った。テツは手を伸ばし、筒の光を消した。建物の中に、風に混じって湿った空気のにおいが運ばれてくる。階段がまた光った。彼は大股で階段を昇り、地上からさらに上へ登った。遺跡の建物は巨大な物で、まだ崩れずに外観を留めている。頂上に出ると空に向かって突き出された長い竹の棒と、その先端に結ばれた太いひもを点検した。ひもは竹の棒の先端まで通じ、おそらく遺跡の中で一番高く空に向かって突き出ているはずだ。彼は急いで引き返すと、台の下にある大きな金属の箱に、地上から階段を通って伸びてきている太いひもがつないであるのを確かめた。それはさっき筒に明かりを灯した箱に似ていて、もっとずっと大きかった。ひもは遺跡の中で見つけた物で、中には金属の太い繊維が織り込んであった。テツは時を待った。

サンはシュウを残して遺跡の中に踏み込んでいた。ここはもう中心近く、彼にとり、いや村人全員にとってまだ訪れたことのない、禁断の場所だ。だが風にははっきりとテツの匂いが嗅ぎとれた。それと、おかしなにおい。サンが今まで経験したことのないにおいが混じっている。それはサンを不快にさせた。木々のざわめきが警告している、雨の予感に不安を増した。サンはテツの匂いがはっきりわかる所まできている。彼がここで何をしているのか、知りたい気持ちで一杯だった。彼は用心深く進んだ。

サブは父親の後に続いた。イシュリはしっかりした足どりで森を進んでいた。森は重なり生い茂った植物のためいっそう暗く、雷光が木々の間から空を照らした。すぐ嵐がくる——サブは歩きながら服を調べ、次いで荷物に手をやった。その中には、贈られた品が入っている。中の包みは、とりわけ重要だ。海獣からとれるこの乾燥した丸薬は、貴重な薬であるばかりか家とほかの村とのつながりをいっそう深めるための、大切な贈り物だった。包みを抱えるように、サブは森番の数歩後を行った。

二人が森の奥深く入った所で、突然鳥が一羽、激しく鳴いて飛び去った。先を行く森番から、止まれ、動くな、の合図。サブの勘が確かなら、ここはもう行程の中程まで来ている。遺跡にかなり近い所のはずだ。サブは風向きと音と、においに注意した。そして、父の動きを追った。森番はじっと辺りに集中している。獣の来襲に備えて、既に竜槍には火薬が仕込んである。その竜槍を持つ手が、突然振り上げられた。それは稲光が森を照らすのとほぼ同時に起こった。彼らの斜め正面から黒い巨大な塊が父親めがけて襲いかかったのだ！　最初の一撃はかろうじて避けた。だが森番は姿勢を保てず倒れてしまった。彼は地面に倒れると同時に回転して近くの太い木の根元まで転がり、幹を背に槍を持ち替えて低い姿勢で立ち上がった。サブは父親が倒れ反転するのと同時に近くの繁みに飛び込んだが、黒い塊はサブには目もくれず森番めがけて突進した。森番がとっさに槍を突き出すと塊はそれをさっと避けて、少し離れた高まった地面に跳んだ。背後で稲妻が光ると、黒い塊の姿が巨大な影となってくっきりと闇に浮かび上がった。目は赤い光をたたえ、長い牙が青白い輝きを冷たく放っていた。サブはその目を見た瞬間、体が凍り付くような気がした。次の瞬間、雷鳴が響くより速く剣歯獣は一気に跳躍し森番めがけて襲いかかった。攻める側も守る側も、全く音を立てなかった。イシュリは槍で突いたがまた空振りに終わった。暗闇ではっきりとわからないが、剣歯獣はキバに間違いなかった。明らかに、獣はイシュリに竜槍を使わせようとしている。そばに行くと見せかけて、その射程には決して入らない。過去の苦い経験から、その威力を恐れているのだ。森番は次第に攻撃の輪が狭められて行くのを感じた。キバは槍の届く範囲ぎりぎりにまで獲物を追いつめようとしているのだ。長い戦いではこちらに全く分がないことがわかっている。森番は一か八かに賭けた。剣歯獣を見据えながらゆっくり脇の包みから皮袋を取り出し、サブに手で合図を送った。〝伏せろ！〟

そして、手に持った皮袋を剣歯獣の足元にぽん、と投げたのだ。獣はさっと後ずさった。だが獲物にはもう逃げ場がない。そこに、わずかな油断ができた。その得体の知れない袋がいったい何なのか、森番に注意を向けながらにおいを確かめたのだ。剣歯獣が鼻を近づけるや否や、イシュリはできるだけ小さく素早い動きで袋に竜槍を打ち込んだ。キバは難なく槍を避けたが、槍は地面に突き刺さり爆発とともにすさまじい閃光が周囲を照らした。稲光すら威力を失った。サブが顔を上げると、硝煙のにおいと煙の中で黒い塊が草むらで顔をかきむしりのたうち回っていた。槍は先端が吹き飛び、転がっている。森番が鋭く口笛を吹いた。サブはさっと起き上がり、父の後について走った。空は黒雲に覆われ、木々の間からは今にも大粒の雨がぽたぽた落ちてきそうだった。森番もサブも無言だった。あれでは致命傷を与えるのは無理だ。だがさっきの攻撃でしばらくは奴の目と鼻を利かなくすることができる。今は時間をかせぐので精一杯だった。二つ丘を越えると、やがて祖先の遺跡に出るはずだ。彼らは必死に進んだ。

サンは遺跡の中で立ち止まった。風の音が恐ろしく、雷鳴はすぐそこから自分を食らおうとしている魔物の叫びのようだった。すっかり心細くなり、もう引き返そうかとちらと考えた時、凄い音がサンに襲いかかった。ダンが悲鳴を上げた。恐怖で地面に縮こまったまま身動きできなかったが、しばらくしてそれがすぐそばに雷が落ちた音だとわかった。急にテツが心配になり、立ち上がって音の方へ慎重に進んだ。近くで再び雷鳴が鳴り響くのと同時に、後ろから肩を叩かれた。雷に気を取られ、足音に気づかなかったのだ。サンはかなり驚いた。それはシュウだった。

「どうした？」

「君が心配で……」

「様子がおかしい」

何かが燃えているようだ。

「テツを探そう」

サンが臭いの方角を伝え、シュウがサンの手を引いて二人は進んだ。遺跡の中央の建物にやってきた。臭いはそこからだ。シュウは中に入るのを嫌がったが、サンに説得されてしぶしぶ了承した。中に入ると、異様な臭いが立ち込めていた。ダンが懸命にサンを建物の奥へ引っ張って行く。サンが行こうとすると、突然足元が消えてなくなった。危うく転落するところを、シュウに引き戻された。子犬は建物の地下に行こうとしていた。シュウが先に降り、サンが後に続いた。そこには床に黒い容器がいくつも転がり、その内の何本かから何かが吹き出しているらしかった。臭くて、息が苦しかった。シュウが階段の所でぐったりしたテツを見つけ、二人で協力して大急ぎで外に運び出した。ダンは飼い主の顔をぺろぺろなめた。外の空気に触れて、まもなくテツが意識を取り戻した。テツは二人がそこにいるのに本当に驚きながら、中の様子を尋ねた。シュウが建物の中の台が燃えていたことと、変な臭いが立ち込めていたことを伝えると、テツは二人を引っ張って「逃げろ！」と略文字で伝えた。三人は急いで遺跡を出て森に入った。間もなく凄い音が地面を揺らして沸き起こり、風が木々を煽った。シュウとテツがサンの手を引き、一目散に家に向かった。彼らは途中で一度立ち止まって振り返り、遺跡の様子を窺った。遺跡の中からは煙が上がり、それはやがて遺跡全体を包む炎に変わっていた。強い風に煽られた火は森を焼き始めていた。

「祖先たちの怒りに触れたんだ！　こんな恐ろしいことになるなんて！」

シュウが震えながら伝えた。テツはサンに打ち文字で伝えた。

「建物の周りの容器の中には、燃える空気と、燃える水が入っていたんだ。爆発で吹き飛ばされて、きっとそれに火がついたんだ」

サンは何も答えず、また黙々と歩き出した。彼らが家にたどり着いた頃、森の火は周囲に燃え広がりながら三人の後を追うかのように家に迫り始めていた。

遺跡を目指して進んでいた二人にとり、山火事は想像さえしなかった最悪の出来事だった。森番は進路を変え、沢を通る一番の近道を選んだ。これによってキバに再び攻撃の機会を与えてしまう。だがそれは仕方がないことだった。早くこの災厄を家に伝え、場合によってはみんなを避難させなくてはならない。風向きが変わることを願いつつ、父と子は家に急いだ。

遺跡を大きく迂回し炎を避けて家に向かう二人に、キバが襲いかかった。火を避け大胆にも風上から接近してきたキバを、森番は剣を抜いて待ち構えた。サブが後ろにさっと目を走らせると、火が徐々に迫りつつあった。相手に槍がないことを確かめた剣歯獣は、低く唸りながら近づいてきた。森にはもう距離がない。ここで戦うしかないと悟ったイシュリは、サブに〝戦いが始まったら逃げろ〟と合図した。

「嫌だ！」

サブは剣を抜き、切っ先を巨大な剣歯獣に向けて叫んだ。

「ここで一緒に戦う！」

〝馬鹿な。それでは両方ともやられてしまう。奴の狙いは俺だ。俺が戦っている間は、おまえにも生き残るチャンスがある〟

剣歯獣が唸り声を上げた。頭を低くして狩りの体勢をとっている。その顔が炎を映して赤く染まった。傷ついた醜い、執念に満ちた顔だった。森番は攻撃に備え、剣を構えた。だがキバより一瞬早く跳び出したのはサブだった。〝いったい何を！〟。イシュリは、我が子の行動を疑った。サブは剣を突き出しながら剣歯獣の方へ突進し、その直前で向きを変えて樹木の幹を盾にしたのだ。キバは本能的にその小さな標的を追おうとしたが、標的の背後の炎を見て躊躇した。その一瞬の隙をつき、すかさずイシュリは攻撃に転じた。キバの足元に踏み込むと、体重をかけて力一杯刃を振り抜いた。切っ先が相手の腹の皮を切り裂く手応え。だが巨大な影がそばをかすめ去った時、鋭い痛みがわき腹を走った。彼は剣を持ったまま地面に転がった。激痛を堪えて立ち上がろうとすると、サブがキバに打ちかかろうとしていた。刃は振り降ろされたが、キバはさっと後ずさって避けた。そして、小さな取るに足らぬ相手を逆にじりじりと追いつめていく。近くの梢には既に火が移り、めらめらと燃え上がっていた。キバが跳びかかる構えを見せると、今度はその真横からイシュリが切りかかった。キバは振り向くとさっと向きを変え、逆の方向へ後退した。その時、獣の前足から腹にかけて、はっきりと赤い血の帯があるのが見て取れた。動きは心《こころ》做《な》しかぎこちなかったが、それでもイシュリの六、七倍の体重のままその背をやすやすと跳び越える力を備えているのだ。森番を視界に捕らえ、獣の目に再び憎悪の色が浮かんだ。次の攻撃で二足猿は確実に倒れるだろう。キバは最後の一撃を与える機会を狙った。父親の衣からは血が滴り落ちている。血の臭いを嗅いだサブは、イシュリがこれ以上戦えないことを悟った。サブはキバの注意が逸れると近くの木に身を隠した。太い幹が上に伸び、枝葉が戦いの上に覆いかぶさるように繁っている。その梢には既に火が移り、周囲を赤く照らして燃え広がっていた。木の根元を探って手頃な穴が開いているのを見つけたサブは、それが幹の奥に続く亀裂であることを確認すると、急いで脇のつつみから皮袋を取り出し、押し込んだ。火薬の詰まった皮袋は、亀裂いっぱいに収まった。サブはためらわず腰帯から鋲粒弾《つぶて》を握り出し、安全な距離もおかぬまま亀裂めがけて打ち込んだ。それは破裂したが、皮袋の外側だった。サブは一歩近づき、今度は火薬の玉を亀裂から突き出した皮袋の口をねらい、たたきつけた。鋲粒弾《つぶて》は皮袋の口から中へ吸い込まれた。

キバがイシュリに跳びかかって巨体が宙を舞うのとサブが叫ぶのとが同時だった。イシユリがわずか横一足分の間合いで踏み込みながらキバの後ろ脚めがけて刃を振り降ろした瞬間、ばん、という強烈な音とともに木の根元が半分吹き飛び、キバの前足が空を切った。サブも燃え広がる草むらの中に投げ出された。爆風で少し火が衰えていなかったら彼も火だるまになっているところだった。サブはとっさに火から転がり出て身を起こした。樹木は梢を火に包まれながらメキメキと音を立て、イシュリと剣歯獣をあっという間に飲み込みんでしまった。

サブは恐ろしい思いに駆られた。自分はいったい何をしたのか？　もしかして、とんでもないことを……?!

だが、その思いも遮られた。イシュリが燃える梢の下のわずかな隙間から転がり出てきたのだ。ほっと胸をなで下ろしたサブは、父親を助けるため走り寄ろうとした。だが突然、炎の中からキバが躍りかかった。降りかかる火の粉とともに、イシュリが刃でキバを受け止めた。サブは息をのんだ。その時すべてが動きを失った。鋲粒弾《つぶて》を握りしめ、それを握りつぶしそうになっても気がつかなかった。次の瞬間、倒れた幹が燃え上がり、炎が全てを覆い隠した。木々が次々に燃え、辺り一面に火の粉を振りまき、炎を吹き上げたのだ。

その奥で二つのものが分かれ、一つになり、また分かれた。戦いを粉砕するかのように、大木が炎にまみれてその上に倒れかかった。空気の流れが変わり、炎の壁にまばらな隙ができた。

炎の向こうにイシュリの姿が見えた。森番は、よろめき喘ぎながら立ち上がろうとしていた。倒れた樹木のそばで、衣服が燃えるのも構わないようだった。サブは、父の所に走った。早くここを去らなくては！

イシュリの前には燃え上がる木が炎の壁となって立ちふさがっていた。サブにも気づかず、その目は虚ろに炎をにらんでいるかのようだった。サブは口笛で父親に合図を送った。だがその時、火の向こうに大きな動く影が現われた。血が凍りつく一瞬。もう逃げ場はない。そう思うと、急に力が湧いてきた。それは今までにない感覚だった。サブは、イシュリに走り寄って助け起こし、炎に向かって叫んだ。

「キバ！　おまえはもう十分戦った。これ以上戦っても、ともに焼かれて死ぬだけだ。もう戦うな！　私たちは、おまえの領分を侵したかもしれない。だがそれは、ほかの家への連絡の時、誤って迷い込んだだけだ。これからは、決してお前の領地へ進入することはしない。これは、森番イシュリの息子、サブの言葉だ。私は、約束を守る！　お前がもし我々を憎むとしても、もう十分憎み尽くしたはずだ。それは、私たちを見ればわかるだろう。これ以上、何が望みだ？　だが、それでも戦うというなら、今度は私が相手だ！」

そして、最後にこうつぶやいた。

「もしお前に命があるなら、きっとわかるはずだ」

炎の向こう側から、黒い塊が倒木を飛び越えてサブの目の前に現われた。イシュリの目は虚ろだったが、刃をかざして戦いの構えをとった。サブは相手の動きを読み、父イシュリを庇《かば》いながらも必死に押さえつけた。巨大な剣歯獣の目は炎を映してメラメラと燃えていた。その目がイシュリを見すえ、次いでサブに移すと、サブは何とも言えぬ不思議な感覚に襲われた。剣歯獣は頭を下げ、狩りの体勢をとった。風が血の臭いを運んだ。サブは最後を覚悟した。だが、次の瞬間、自分の目を疑った。キバは横へよろけそうになったのだ。見ると、後ろ足が黒く染まり、黒いしずくが滴っている。

〝これほどの手傷を負っていたのか！〟

サブが次の動きを読み取る暇もなく、剣歯獣は一声激しく唸りを上げると体を翻し、炎を飛び越え火の切れ目を縫って森の奥へと走り去った。

二人が高道を通過するころ、風がさらに激しく威力を増していた。森は真っ赤に燃えていた。

七

サン、テツ、シュウが家に向かう途中、雨が降り出した。三人は丘の上でケンに呼び止められ、テツとシュウは森へ行って見張りを手伝うように頼まれた。二人は進んで引き受けたが、サンはケンと一緒に家に戻ることになった。ハクたちが探しているそうなのだ。途中、どこへ行っていたのか尋ねられないかと心配したが、ケンは火と、明日からの食料のことで頭が一杯で二言、三言交わしただけだった。

家ではハクやジン、リュウたちが集まっていた。女たちも持ち出せる物を麻ひもでまとめ始めていた。母親はおびえる子供を連れていつでも逃げ出せるように準備している。見張りは山火事の勢いと風向きとを随時報告し、リュウはハクに、火がこれ以上家に迫ってくるようならここから逃げなくてはならないと告げた。逃げ道は火を避けて山に向かう小道を登るのだが、それは想像以上に大変なことだ。雨が長引けば、洪水の危険もあるのだから。老人はサンに風と雨の予想を尋ねた。サンは風はこれ以上強くはならず、風向きも次第に沢の方からではなく山の方からに変わるはずだ、と伝えた。老人たちはそれを聞いても安心できないようだった。足の速いケンが逐一丘と家を往復して、火の広がり方を伝えた。

「火はこっちに向かっている」

老人は見張りに出た者たちを集めるよう、伝令に命令した。

「山の家に避難する」

サンはイシュリたちのことが心配で、リュウに尋ねた。そろそろ彼らが帰ってくる頃なのだ。だがリュウは、イシュリのことなら大丈夫だ、とだけ答え、ケンを連れて牛を高台に避難させに向かった。

上の山腹には、祖先たちが残した洞穴が一つ、口を開けていた。そこは家の者たちが昔から倉庫として使っていたが、非常時にはみんなが逃れる家として使うことができる。簡単な荷物を持ち、炎と煙と風雨の中、全員が直ちに洞穴に向かった。歩ける者は歩き、そうでない者は〝輿〟に乗せてみんなで担ぎ上げた。家畜のことは心配だったが、若鶏のつがい以外は連れて行けなかった。やがてリュウたちが無事に家牛を避難させて戻り、合流した。

雨は夜になって一時急に強くなったが、それがやがて止む前兆だとサンは考えた。サンの予想した通り、風は北風に変わった。見張りは火事が方向を変えて海の方へ向かい始めたことを知らせた。火勢も衰えてきた。彼らは雨に耐えて見張りを続けた。彼らの心配事は、今度は水だった。真夜中過ぎに、見張りがハクに川があふれ始めた、と告げた。老人は見張りに交代で家の様子を報告させた。だが雨は小降りになりそれから水かさは徐々に減り、明け方になって水は引いた、という知らせが入った。幸い、家にはほとんど浸水していなかった。見張りを続けたシュウやテツたちは疲れ果てて、洞穴に引き上げるとそのまま倒れ込むかのように眠った。

サブはイシュリとともに風雨をしのぐ場所を探していた。しばらくしてサブが高道を支えている柱の根元に穴を見つけたが、森番はそこに入ろうとせず、高い所に適当な場所を探すように命じた。森の中で身を隠す場所を探すことは想像していたが、こんな所は予想外だった。それでもサブは高道の途中に上に登る道を見つけ、一人で偵察に行ってすぐ戻った。高道の上はまだ崩れておらず、朽ち果ててもいないようだった。サブはイシュリを連れて上がり、そこから少し行った所に祖先たちの住処を見つけた。中は暗く恐ろしかったが、一晩くらいなら雨風をしのげそうだった。蜘蛛の巣を枝で払って二人はもぐり込んだ。サブはすぐにろうそくに火を付けた。蝶や蛾が火を求めてたくさんやってきて蜘蛛の巣にかかった。ムカデに襲われないように、サブは高い所に寝床を作らねばならなかったが、ちょうどおあつらえ向きの台を見つけ、森番を静かに横たえた。イシュリはすっかり衰弱し、もう歩くことはできなかった。傷口からの出血がひどく、夜、火と雨の中を家に向かうことはあきらめる他なかった。高道の上の祖先たちの遺跡の中で、サブはイシュリの傷にカリスの村からもらった貴重な傷薬を塗った。サブは家の様子を見に行くと父親に告げたが、森番はそれを止めた。〝今からでは遅い。彼らはもう既に何か手を打っているはず。疲れ果てたお前が行っても足手まといになるばかりか、火と水に巻かれて死ぬだけだ。ここに居ろ〟

傷の手当が終わると、イシュリはやがて眠った。サブもまた同じように、濡れたまま冷たい台の上で眠り込んだ。

翌日、雨は上がり、どんよりした雲が厚く空を覆っていた。火災は森の縁の手前で向きを変え、押し寄せた水に消し止められたので、そこにだけわずかに木々が帯のように残っていた。森はほとんどが焼かれ、濁流が通り過ぎた後の樹木からはまだぶすぶすと白い煙が上がっていた。ハクや老人のうちで動ける者は朝早く家に戻ったが、サンは昼近くになってケンに起こされた。

「家長たちが呼んでいる。家まで来てほしい」

テツはいなかった。先に起きたのだろうか。家ではハクとリュウ、ジンが待っていた。シュウも呼ばれていた。彼らはサンに森で何があったのか尋ねた。サンはテツが雷に打たれたこと、遺跡で爆発があったことを伝え、あとは知らない、と答えた。サンはもう行っていいと言われたので、すぐに丘に向かった。シュウもついてきた。その途中、サンはシュウに尋ねた。

「何を聞かれた？」

「君と同じことをだよ」

シュウは答えた。

「そして、君が答えた以上のことは、何も伝えていない」

サンは何も言わずに丘まで歩き、テツの畑の様子を見に行こうと提案した。サンは内心はほっとしていた。余計なことを伝えなければ、テツは許してもらえるかもしれない。そう考えていると、森の方からがさがさと草をかき分けて誰かがやってきた。

「サン、シュウ、手を貸してほしい」その声はサブだ。

「いったいどうした……イシュリは？」

「急ぐんだ。森番が襲われて、怪我をした。何人か集めて、ここにきてくれ」

サブはそれ以上動けなかった。彼に手を貸そうとすると、衣類は濡れ、微かに血と火薬の臭いがした。

「僕はいいから、早く」

サブの声は必死だった。サンはシュウに誰かを呼びに行ってくれるように頼み、自分はサブに付き添った。

その日の会合は、日の入りと同時に始まった。家族全員が集められ、みんながいろいろなことをささやき合っていた。リュウとジンが現れ、やや遅れてハクがいつもの場所に座ると、重々しさが漂い、各々が息を押し殺した。テツがこないので、サンはシュウと一緒に座った。

「良い知らせと、悪い知らせがある」

ハクが話し、ジンがみんなに伝えた。

「良い知らせとは、昨夜の山火事と洪水から家を守れたことと、森番イシュリとサブがトキの婚礼を無事に済ませて戻ったことだ。彼らは隣村から様々な貴重な寿薬《じゅやく》ももらってきた。それは、この家の者たちにとって大きな恵みになるだろう」

彼はちょっと話を止めた。みんなはひそひそとささやいたが、やがて老人が話し始めると、それはぴたりと収まった。

「悪い知らせとは……森番イシュリとサブが旅の途中で剣歯獣に襲われ、怪我をしたことだ。サブは軽い傷だが、イシュリの怪我は重い。助かることを祈ろう。それともう一つ」

ハクの声は少し震えていた。

「テツが禁を破り、祖先の遺跡に出入りしていることが判明した」

あちこちで、はっと息を飲む声がした。

「家の定めにより、テツを追放する」

次の朝早く、テツは三日分の食料をもらい、家を出た。サンは夜が明けても起きなかった。たとえ頼んでみても、テツと会うのは許されなかっただろう。サンは寝床にうずくまりながら、昨夜のことを思い出した。テツと話しがしたいと願い出たが、ハクは取り合ってくれなかった。そこで老人が寝静まった後、こっそり納屋に忍び込んだのだ。テツは寝ていなかった。サンを静かに迎え、命がけで助け出してくれたことへの礼を言った。二人は明け方まで話した。その時、テツはハクから伝えられた内容を打ち明けた。

「……トキの出発する少し前、ハクに呼ばれた。僕は説教されるのかと思ってうんざりだったけど、違った。そこにはジンも、リュウも居なくてハク一人だった。彼は僕にこう伝えたんだ。

『わしの言うことを、理解して聞いてほしい。テツ、実はお前はトキの兄なのだ』

その時はまるで信じられなかったけど、よく考えればそうかもしれない」

サンもこうした状況でなければ信じなかったろう。

「でも、なぜ……それで、彼はどうした？」

テツは続けた。

「僕が日頃長老たちに反抗するのはなぜかと尋ねられた。そしてハクは言ったよ、そろそろ大人の仲間入りをしろ、ってね。

『わしはそろそろ家長の役を誰かに任せたいと考えている。お前が生まれて間もなく、ここ羽音周辺に伝染病が流行した。この家では何人もが死んだ。お前の母親もだ。トキを産んですぐのことで、疫病を避けられなかった。お前は伝染病が流行る兆候が現れ始めるとすぐ、隣村に引き取られたのだ。熱病が収まっても、家はお前を引き取れる状況ではなかった。お前はそこで物心つくまで育てられた。お前が信じないのも無理はない。だが、テツ、お前は間違いなくわしの息子なのだ』

その時ハクが伝えたのは、僕に家長を継いでほしい、ということだった」

サンは驚きながらも、うなずいた。テツは続けた。

「ハクは僕が遺跡に出入りしているのもちゃんと知っていて、それを控えるようにほのめかした。でも僕にはそんな気はなかった。僕は伝えたよ、遺跡の研究は続けるし、家長を継ぐ気はない、ってね」

サンにはもう驚き以外の言葉は見つからなかった。テツが敷き藁に体を横たえる気配がした。ふくろうが遠くで鳴いている。彼は続けた。

「今日、会合の前に、僕はハクに呼び出された。そこにはジンたちも居て、ハクに尋ねられたんだ。『テツ、お前は祖先たちの創り出したものがそんなに大切だと考えるのかね？』。僕がうなずくと、『それが何の意味を持つのか、教えてくれんか』。ハクの言葉を、ジンが伝えた。リュウも、興味津々と言った顔だった。僕はしばらく考えて、そして伝えた。彼らには、自由があった、ってね。ジンはちょっと困ったような、迷っているような感じだった」

「自由？」と、ハクは目を丸くして問うた。

「今でも自由ではないか」

「それは、あなたが作った自由だ」

僕がそう伝えると、老人たちはしばらく黙って考えている様子だった。だから、僕はこう訴えた。

「祖先たちは自由というものに、本当は憧れていたんだと思う。本当の自由とは、真実を知ることなんだ。彼らは、そのためにあらゆる知恵を絞って文明を作り、船を空に浮かべ、星々に送ったんだ。僕らには、彼らのことを知る自由があるはずだ」

「それで、お前はみんなに祖先たちと同じ運命をたどらせようというのかね？」

「そうじゃない」

「我々には、この世界そのものと対決して生きていくだけの力はない。それは、彼らが証明したではないか」

「たとえ彼らから学んでも、彼らと同じ道を歩まなければいいんだ！」

「そんなことができるかね？」

「できる！」

僕ははっきり答えた。

「心を失わなければいいんだ。家も、動物や植物も、そして森も、僕たちみんなも、この世界の一部だってことを忘れなければいいんだ」

「……そう伝えた時、ハクが涙を流しているのがわかったんだ。彼は言ったよ、『お前が正しいかもしれない』……そしてこう続けた。『だが、どうしてそれを確かめられよう。先の予測できない、訳のわからないものに家のみんなを委ねられるだろうか？　それでは家のみんなの心がバラバラになってしまう。テツ、考え直して、わしらと協力して一緒に生きて行くつもりはないか？』ってね。

僕がそのつもりはないと答えると、彼は僕を近くに呼んだ、僕はてっきりひどいことをされると思ったら……」

「どうしたんだ？」

「彼は僕を両腕で抱きしめたんだ。僕は驚いて逃げようともがいたけれど、だめだった。そして彼は僕に伝えたんだ、『お前たちみんながわしの宝なのだ。どこへも行くな、ここに残れ』って。

何も答えずに彼を見つめていると、やがて彼は僕を放し、じっと見つめ返した。そして、彼の唇がこう言っているのがわかった。『お前は、あの祖先たちでさえできなかったことが、我々にできるというのか？』」

サンはテツの顔に触れた。平然としているようだったが、その顔には疲れと、大きな決心の跡とが窺い知れた。サンもテツも何も言えなかった。やがてサンは伝えた。

「それで、どうする」

「家を出る」と、彼は伝えた。

「頼みがある。ダンを連れて行きたい。彼は、僕の友達だからね。僕は彼の好きな笛を持ってる。夜が明ける前、ダンの綱を解いてほしいんだ」

家ではみんなが荷物を運んで戻り、流された牧場の柵やつまった排水溝の修繕が始まっていた。みんな各々、忙しそうに働いていた。家の前の広場では、トキの結婚と、隣村への使いが戻った祝いとして祭りの準備が始まっていた。寝返りをうつと、誰かが歌っているのがわかった。何人かがそれに加わり、やがて大きな歌声の輪になった。

風が吹いて木の葉が積もり、雨が降って土が肥える。
恵みの大地、私たちの生命。この恵みを分かち合おう、
生きる喜びを伝え合おう、生まれ、育ち、
ともに暮らす皆で・・・おお、森越えて響け我らの心、
母なる世界へ。

本書の作品はフィクションであり、登場人物、公・私的機関、企業、団体などは実在するものと一切関係がありません。

著者プロフィール

粗朶　雅（そだ みやび）

昭和33年、和歌山県生まれ
横浜国立大学教育学部卒業
横浜市特別支援学校教諭定年退職後、小説執筆を志す
神奈川県在住

悲しみの詩

2023年12月15日　初版第１刷発行

著　者　粗朶　雅
発行者　瓜谷 綱延
発行所　株式会社文芸社
〒160-0022 東京都新宿区新宿１－10－１
電話 03-5369-3060（代表）
03-5369-2299（販売）

印刷所　図書印刷株式会社

©SODA Miyabi 2023 Printed in Japan
乱丁本・落丁本はお手数ですが小社販売部宛にお送りください。

送料小社負担にてお取り替えいたします。

本書の一部、あるいは全部を無断で複写・複製・転載・放映、データ配信することは、法律で認められた場合を除き、著作権の侵害となります。

ISBN978-4-286-24723-6